Le salon

Du même auteur

Les Contes défaits, Plume d'argent du livre de Saint-Cyr, Belfond, 2016.

La Race des orphelins, prix d'honneur Filigranes, prix littéraire du Deuxième roman, prix Louis-Thuillier, Belfond, 2020.

À ma mère,
médecin du monde

À Jean-Michel Lascoux,
maître de grec ancien,
médecin d'un autre monde

«Maintenant, par combien d'étude
il faut passer pour se dégager des livres,
et qu'il en faut lire ! Il faut boire
des océans et les repisser.»

Gustave Flaubert

«Ma vie entière n'a guère été
qu'une longue rêverie divisée
en chapitres par mes promenades
de chaque jour.»

Jean-Jacques Rousseau

La Tentation de saint Antoine. Le titre patiente sur un trottoir, devant une librairie, dans un bac de livres à un euro.

J'ai rendez-vous chez le coiffeur. Je suis en avance. Je suis toujours en avance. Un jour, je me ferai le cadeau d'arriver en retard. Pour l'instant, je n'ose même pas y penser. J'ai besoin d'être bien vu. Ou, plus exactement, de passer inaperçu. Être bien vu, c'est n'être pas vu. C'est se brader. Comme ce livre. Je le touche, l'effleure, l'empoigne, lui caresse le dos. J'aime toucher les livres, pas forcément les lire, mais les toucher, oui.

Je suis planté devant le bac. Je ne comprends pas ce que Flaubert fout là. Le plus grand écrivain français fait le trottoir. Je pousse la porte et demande au libraire comment il sélectionne les livres qui se retrouvent dans son bac. Il me répond que ce n'est pas lui, mais la justice du temps qui les rapproche du caniveau. Mais alors pourquoi Flaubert ? Il me regarde, agacé :

— Vous connaissez une personne, vous, qui a lu *La Tentation de saint Antoine* ?

Je lui tends un euro. Il ne prend même pas la peine d'ouvrir sa caisse et glisse la pièce dans la poche droite de son pantalon. Je dis merci. Je me déteste quand je dis merci. Je retourne au bac, déterminé à trouver un bon livre qu'il aurait placé là par erreur. Je ne croise que des présentateurs télé, des joueurs de foot, des hommes politiques et des écrivains auxquels je pense avec compassion. Je leur souhaite de ne jamais passer devant cette librairie. Ça doit être terrible de se découvrir dans un bac à un euro, livré aux intempéries, soldé, pour ne pas dire liquidé. Je trouve ce libraire cruel. J'aimerais bien lui rabattre le caquet. Je repasse la pile dans l'autre sens. Cette fois-ci, je jette un œil aux premières pages, mais dois me rendre à l'évidence : la médiocrité se publie. À travers la vitrine, mon regard croise celui du libraire. Je sens que les clients à un euro lui tapent autant sur le système que les écrivains qui ont encombré son étal. Pour me donner une contenance, je regarde ma montre. Formidable : je suis en retard !

Ça fait des mois que je n'ai pas mis les pieds chez mon coiffeur. La dernière fois, je suis parti sur un coup de tête. J'en avais marre d'attendre. Comme je suis un peu lâche, beaucoup, j'ai filé sans rien dire. Sous le coup de la colère, je suis entré dans un magasin d'électroménager et j'ai acheté une tondeuse à peine plus cher que le tarif d'une coupe. Mais ma défection n'était pas qu'une question d'économies. Je n'aime pas aller chez le coiffeur. Je n'en connais pas les codes. L'ambiance, la musique et la joie permanente qui y règnent m'exaspèrent. Ce que je supporte le moins, ce sont les conversations. Pour que le coiffeur se taise, je baisse les yeux comme si j'étais assoupi. Ça ne l'empêche pas de jacasser. Alors un jour, j'ai osé. À sa question «Comment je vous les coupe?», j'ai répondu : «En silence.» Du coup, mon coiffeur ne m'aime pas non plus. Outre mon mutisme, je ne suis pas un client rentable. Je me shampooine avant de venir et je ne laisse jamais de pourboire.

Je fais comme si je ne savais pas. J'ai un malaise avec les pourboires. Me voilà pourtant de retour à cause d'une fausse manip. Ce matin, j'ai oublié de monter le sabot de la tondeuse. Résultat : crâne rasé sur cinq centimètres ! J'appréhende de revoir mon coiffeur. Cette fois-ci, il va bien falloir que je lui parle. Et il va bien falloir que je l'écoute.

Je suis donc en train de faire attendre un coiffeur dont j'ai claqué la porte parce qu'il me faisait attendre. L'idée de passer pour un homme pressé me séduit. Peut-être qu'en arrivant en retard je vais moins attendre. Première erreur : j'entre dans le salon en ayant trop couru. On ne débarque pas essoufflé sur un ring. Je me fais cueillir par la femme du coiffeur. Direct. Vingt euros. Elle éteint la musique. Elle sait parfaitement ce qu'elle fait : quand on éteint la musique, les gens se taisent. L'absence soudaine de bruit les surprend en délit de bavardage. Comme un prof qui, pour reprendre le contrôle de sa classe, dit : « Untel au tableau. » L'individualisation arbitraire d'un élève écrase d'un coup toutes les fortes têtes qui observent en silence leur condisciple monter à l'échafaud. Sa femme a décidé de jouer le rôle du prof. Untel, c'est moi. J'ai sous-estimé le pouvoir de nuisance d'une épouse. En arrivant en retard, je lui sers sur un plateau l'occasion de rappeler qu'elle est le chien de garde du salon. Que jamais rien ne lui échappe. Elle se venge et en profite pour venger son mari.

— Puisque Monsieur aime qu'on les lui coupe en silence, il va être servi !

Elle répète :

— Vingt euros !

Ni sujet, ni verbe, ni complément. Un chiffre et une monnaie.

— On paye d'avance ici maintenant ? Comme au fast-food ?

Elle ne répond rien. Ce salon ordinaire se venge de son client ordinaire. Toujours pas de musique. La torture publique s'éternise. Même les sèche-cheveux se sont tus. Je lui tends vingt euros.

— Vous voulez reprendre rendez-vous ?

— Je... ne comprends pas.

— Bertrand vous a attendu. Il coupe le client suivant. Il est booké non-stop aujourd'hui.

Booké non-stop... J'abhorre les anglicismes, mais je pense au book que j'ai dans mon sac. *La Tentation de saint Antoine* de Gustave Flaubert contre le *Booké non-stop* de la femme du coiffeur. Monte en moi la tentation de gueuler, de faire un scandale, de l'obliger à me rembourser. Je ne fais rien de tout ça. Je la fixe de toute ma faiblesse et sors du salon sans même claquer la porte.

Comme Flaubert une demi-heure plus tôt, je me retrouve sur le trottoir, plus près du caniveau. En face, un peu à droite, une enseigne lumineuse avec la mention *Styliste Visagiste*. Je m'y réfugie.

À peine poussée la porte du salon, ce fut comme un éblouissement. Le lieu tient du cours de danse avec tous ces miroirs dont on croise le regard, ou du défilé de mode avec tous ces spots qui vous gardent à vue. La musique braille et ne sert, à certains employés, qu'à se déhancher pour amuser les clientes. Étrange armée de marins blancs qui tanguent à l'embarquement.

En deux gestes, je suis délesté de mon manteau, emballé d'un film-serviette, juste avant de me sentir le cuir chevelu pris en tenaille par des mains qui parlent toutes seules. Fragilisé par l'humiliation que je viens de subir, je m'abandonne à ce massage crânien dont les vertus relaxantes dépassent toute espérance : le libraire et la femme du coiffeur s'évaporent. Une petite voix, dont je peine à distinguer le genre, répond à une question que je n'ai pas posée sur les composants du shampooing dont l'absence de mousse révèle la pureté.

— Grâce à ses principes tensio-actifs non sulfatés et aux propriétés d'extraits d'ortie, de buis et de quinquina combinés à celles des huiles essentielles de sauge et de citron, ce shampooing bio fortifiant, sans Ammonium Lauryl Sulfate sans silicone sans parabène sans phtalate sans PEG sans paraffine sans OGM sans colorant ni parfum de synthèse, bref, sans conservateurs, restaure vitalité, force et brillance à la chevelure.

Lit-on l'étiquette en même temps qu'on me masse le crâne ? Comment peut-on savoir tant de choses sur un shampooing ? De crainte d'interrompre les dix doigts qui semblent me nettoyer la matière grise davantage que le cuir chevelu, je garde les yeux fermés.

— En utilisant cette nouvelle gamme, le salon fait un geste pour la planète, et le patron a même tenu à aller plus loin puisqu'un euro est reversé à une ONG amazonienne pour chaque shampooing effectué. Vous comprenez, c'est important qu'on participe tous, parce que l'écologie c'est tout plein de petits gestes individuels qui font la différence. Mais je vous embête là, non ?

— Vous shampooinez divinement bien.

— C'est que je ne shampooine pas, justement. C'est bizarre : on m'a toujours dit que j'étais bébête comme fille alors que j'adore apprendre. Là, je me suis lancée à fond dans une méthode de thérapie craniosacrée. C'est une histoire de rythme, comme tout le reste. C'est le rythme de votre liquide céphalo-rachidien que je ressens sous mes mains. En donnant des petites impulsions avec mes doigts, je restaure un nouvel équilibre en vous.

— Vous vous exprimez divinement bien.

— C'est ma revanche sur l'école. Et sur mes parents, qui parlent comme des charretiers.

Elle enchaîne sur le Dr Andrew Taylor Still qui a fondé l'ostéopathie à la fin du dix-neuvième siècle, son élève le Dr William Garner Sutherland, puis John Upledger, mais je n'écoute plus rien et tâche de saisir à mon tour les impulsions rythmiques de mon liquide céphalo-rachidien savamment modifié par l'expertise du doigté de ma shampooineuse autodidacte.

Après m'avoir rincé les cheveux, elle me masse le front et les tempes avant de me chuchoter de bien vouloir ouvrir les yeux. Elle me propose alors, en attendant qu'un coiffeur se libère, de profiter de l'espace zen. J'acquiesce et me laisse guider vers une salle où, une fois la porte fermée, les décibels du salon de coiffure s'évanouissent. La shampooineuse me dépose dans un siège en lattes de cèdre recouvert d'un matelas chauffant.

— On travaille sur l'orange douce et la lavande reconnues pour leur pouvoir apaisant. Je m'appelle Jenny. La séance d'aromathérapie dure une demi-heure. Je ne sais pas quel métier vous exercez, mais vous en avez vraiment besoin. Profitez-en et ne vous souciez ni de l'heure ni du coiffeur; je m'occupe de tout.

Jenny…

Moi qui exècre les diminutifs autant que les prénoms anglo-saxons, je prononce plusieurs fois Jenny, amant captif d'un rivage de la mer du Nord que les embruns vaporisent délicatement. Éclairé d'une lumière tamisée et bercé d'une musique douce, l'espace zen achève de me détendre bien que je déteste les mots espace et zen. Devant moi, un éventail de jus bio et un mix de baies séchées étiquetées *Morus alba, Vaccinium macrocarpon, Lycium barbarum, Physalis peruviana.* Au plafond, un ciel étoilé dont les teintes chaudes se succèdent harmonieusement. Comme il me semble voir passer une étoile filante, je fais un vœu.

Jenny réapparaît, surexcitée.

— Je vous ai trouvé le top du top : Fabrice himself !

Je suis Jenny jusqu'à un fauteuil situé au centre du salon.

— Il est occupé, donc il faudra attendre un peu.

Attendre un peu… Chez le coiffeur, quand on ne vous dit rien, il faut déjà compter au moins un quart d'heure. On ne me la fait pas à moi ; je suis parti pour moins que ça, vous savez ! Je souris à Jenny et articule un docile :

— Pas de problème ; j'ai de quoi lire.

— Alors, c'est parfait ! Je vais aller chercher Kevin qui va prendre en charge la suite de votre parcours client.

Mais Jenny s'attarde, accomplit des tâches inutiles. Je sors de ma poche droite une pièce d'un euro. Devant le masque désappointé de ma shampooineuse hors pair, je murmure des excuses et pioche au hasard dans ma poche gauche où reposent quelques billets.

Je pêche vingt euros et joue les grands seigneurs en refusant de récupérer la pièce. La face ensoleillée, Jenny me remercie avant de s'éclipser.

Je n'ai jamais donné vingt euros de pourboire. Jamais. Vingt euros… le prix de la coupe en face ! Pourtant, je sens mon geste juste. Moi qui me fais rarement plaisir, je m'offre une coupe première classe. De toute façon, je n'ai pas le choix. Avec ma tonsure sur le côté, je ressemble à un punk amateur. J'ai besoin d'un magicien. Comme s'il lisait dans mes pensées, Kevin apparaît dans le miroir.

— Je m'appelle Kevin et je suis votre référent jusqu'à la fin de votre parcours client. Vous avez de la chance pour votre première fois chez nous que ce soit Fabrice qui s'occupe de vous : il a des doigts de fée !

Il m'enfile un peignoir chaud, et pose une protection sur ma nuque.

— C'est le dernier cri du cache-nuque : doux, léger et imperméable afin d'éviter de mouiller ou de froisser vos vêtements malgré la protection du peignoir, ça arrive oui oui ça arrive, et en un clic on actionne la fermeture magnétique, ça va vous n'êtes pas trop serré ?

Je marmonne un « Non, tout va bien » pollué par le calcul du montant exact à verser à Kevin pour sa tirade. Dix euros, peut-être ? Tout de suite ? Dois-je inclure une plus-value pour la chaleur du peignoir et le dernier cri du cache-nuque ?

— Je vous laisse maintenant. Au cas où vous auriez besoin de moi, je vous remets ce petit boîtier sans fil, il vous suffit d'appuyer sur le bouton rouge et je suis là.

Je regarde le boîtier qui m'alarme. J'ignore le prix de la coupe, mais je sens que je n'ai pas les moyens de Fabrice. Je demande à Kevin si quelqu'un d'autre peut me prendre.

— On ne décommande pas Fabrice. Tout va bien se passer. Il adore les hommes ; ils sont rares ici. Regardez : vous êtes le seul. Et puis, il n'y a que lui pour réparer ce genre de dégâts. Presse ? Magazine ? Podcast ?

Pour toute réponse, je sors Flaubert de mon sac.

Ça débute par une interminable introduction. J'évite de les lire. Savant, barbant, et surtout, on ne se gêne pas pour vous raconter l'histoire. Je saute à *La Tentation*. En la nommant ainsi, je me la joue familier de Flaubert, moi qui n'en ai rien lu ; juste rédigé au collège une fiche de lecture sur *Madame Bovary*, sans avoir ouvert le bouquin !

Ça commence mal. « *C'est dans la Thébaïde...* » La Thébaïde ? Je regarde autour de moi : pas de dictionnaire en vue, évidemment. Pas dans un salon de coiffure ! Je m'en veux aussitôt de mon mépris. Tous ces gens qui s'agitent autour de moi travaillent. Ils travaillent dur, même. Ils travaillent debout toute la journée. Ils respirent des laques toxiques. Alors que moi, à trente-neuf ans, je n'ai jamais travaillé. Enfin... je n'ai jamais travaillé que pour mon père. Je gère son administratif « secret-défense » : toutes ces tâches de secrétariat trop privées pour être laissées à sa secrétaire. En réalité, je ne fais pas grand-chose, et ce pas grand-chose, je le fais mal. Un jour par semaine, je sors de ma tanière et me rends à reculons au bureau de mon père.

Ma tanière, c'est la chambre où j'ai grandi et où je ne grandis plus depuis mes quatorze ans, depuis le décès de ma mère. « N'aie crainte, je veillerai à ce qu'il ne t'arrive jamais rien », m'a consolé mon père. Il y a si bien veillé qu'il ne m'est jamais rien arrivé. Quand j'ai voulu quitter mon père : « S'il t'arrive quelque chose, je ne m'en remettrai pas ! » Quand j'ai voulu étudier aux États-Unis : « L'Amérique est un pays où tout peut arriver. » Quand j'ai voulu faire médecine : « C'est trop dur, tu n'y arriveras pas. » L'amour de mon père m'a émasculé. Pour preuve, aussi invraisemblable que cela paraisse, à trente-neuf ans, je n'ai jamais eu de relations sexuelles.

Tous les lundis matin, donc, je me traîne où trône mon père, lequel m'aime invariablement, et comme il me reçoit dans la salle de conférences de sa société, l'écho amplifie l'amour subi. Cet emploi quasi fictif consiste à mettre en ordre ce qui l'est déjà. Mon père m'explique que son amour pour moi se traduit par cette exigence du travail bien fait. Chaque semaine, il me verse mon *salaire*, enfin, de l'argent de poche déguisé en salaire. Il me refile des espèces, ce qui accroît le côté incestueux de la transaction. C'est comme un gros pourboire, ce petit salaire. C'est aussi pour ça que je déteste les pourboires. Pour parodier un semblant de réalité, mon père me déduit un loyer pour le vivre et le couvert. Il me transfuse ainsi en permanence, et appelle cet argent, donné et retiré, mon lien avec la vie réelle. Mais, réelle ou pas, cette vie me tue. Je suis un vieux garçon déguisé en homme. J'ai bien eu deux trois flirts, mais chaque fois mon père les remerciait, ce con. Comme si elles me faisaient une faveur.

Aujourd'hui, je vis reclus, six jours sur sept. C'est plus simple. Je m'avale des séries. Si je n'avais pas dérapé avec ma tondeuse, à cette heure-ci, je serais en train d'en regarder une. Au lieu de ça, je suis coincé dans un salon de coiffure hors de prix, à essayer de comprendre les premières lignes d'un livre à un euro que personne n'a lu. Toutes les autres clientes s'impatientent devant un magazine féminin. Les regards se dérobent, mais je sens que ce livre me donne de l'épaisseur. Alors je décide de m'accrocher aux pages et de tenir bon jusqu'à l'entrée en scène du coiffeur-magicien.

Je suis de plus en plus mal à l'aise. Je me mets à lire en diagonale ce que je ne comprends pas à l'horizontale. On m'observe ; il me faut bien tourner les pages ! Je le fais bruyamment puis reviens discrètement sur mes pas déchiffrer cette prose impénétrable. Je comprends qu'il s'agit d'un ermite, mais je ne saisis pas son problème. J'essaie de m'accrocher aux autres personnages, mais ils ont tous des prénoms impossibles : Ammonaria, Didyme, Athanase, Hilarion, Origène, Basilide... Les phrases s'enchaînent, opaques : «*Je le conduisais sur le Paneum, d'où l'on découvre le Phare et la haute mer. Nous revenions ensuite par le port, en coudoyant des hommes de toutes les nations, jusqu'à des Cimmériens vêtus de peaux d'ours, et des Gymnosophistes du Gange frottés de bouse de vache.*» Un œil vers le miroir, j'observe le ballet des coiffeurs. Une bise par-ci, un coup de peigne par-là, un énième pourboire. Je note de ne pas oublier Kevin. Je suis prisonnier de ma générosité : son pourboire devra s'aligner sur celui de

Jenny. Kevin est certainement une des chevilles ouvrières de ce salon puisqu'il en coordonne le parcours client. Le parcours client… mais que peut-il bien encore y avoir après la coupe ? Kevin va essayer de me vendre un brushing, dans le respect de l'environnement, en utilisant un séchoir solaire ! Et après, quoi d'autre ? L'effet relaxant de l'espace zen vient de se dissiper. Je bous à nouveau. Le coiffeur, pas pour moi. J'aurais dû terminer le sale boulot. Me raser la tête. Ça aurait eu le mérite de plaire à mon père. Dans le ricochet des miroirs, je repère la star du salon. Un type immense à l'allure quelconque. Malgré ce physique commun, il s'agit bien là de la reine des fées, la reine de cette ruche. On s'agglutine autour, on quémande son avis, son coup de peigne, sa sentence. D'un ongle désinvolte, il déstructure un mannequin, crée du volume chez une aïeule déplumée, et cisèle, sous les vivats, les cheveux d'un ange. Il a plusieurs clientes sur le feu. On se l'arrache. L'une d'entre elles rédige à voix haute un commentaire sur son smartphone. La star la remercie pour les cinq étoiles qu'elle vient de lui attribuer, la fignole d'un geste éclair et conclut d'une bise « À très vite, ma chérie », laquelle chérie lui glisse un gros billet qui enfle son pantalon. Je manque m'étrangler : le gros billet en était assurément un ; il avait la couleur d'une coupure de cinquante euros ! Tétanisé, incapable de fuir, je me replonge dans *La Tentation*.

Pataugeant dans cette œuvre imbitable, avec pour seule tentation celle de fermer à tout jamais ce livre, je perçois soudain une présence dans mon dos. Fabrice me salue d'une infinitésimale inclination avant d'imposer ses mains sur ma tête sans prononcer un mot. J'ai enfin trouvé un coiffeur silencieux. À travers mes follicules, ses mains brillent comme deux rayons d'un soleil imprévu. Après avoir eu froid de Bertrand ; j'ai chaud de Fabrice. Quatre chrysalides emmaillotées de blanc entourent leur maître à distance respectueuse. Crânes rasés, tout juste pondus de l'adolescence, raides et attentifs, ils complètent harmonieusement le tableau. Cette muraille de soie me protège du reste du salon dont le vacarme semble s'évanouir, comme quand un chef d'orchestre ouvre ses ailes pour saisir au vol l'attention de ses musiciens et faire taire le public. Mes cheveux encore humides, aérés par les phalanges du maestro, forment de surprenantes arabesques. Tout en sculptant ma chevelure de paille,

Fabrice modèle mon visage et met en valeur des reliefs que je ne me connaissais pas.

Il maintient son majeur et son annulaire de longues secondes sur le rectangle tondu, respire à trois reprises, relâche tout son corps et effectue, pieds enracinés, ciseau et peigne en main, une sorte de tai-chi-chuan, enchaînant, avec fluidité, des gestes destinés à terrasser un adversaire invisible. Anesthésié par l'extase que me procurent ces pressions, caresses et autres attouchements dont l'intensité n'a d'égale que la légèreté, je me sens dépossédé de mes sens. Cette fois, le salon s'est vraiment dissipé, et avec lui la musique braillarde, les spots aveuglants, les clientes vulgaires, et même l'humiliation née de cette *Tentation* dont il me semblait, quelques minutes auparavant, ne jamais pouvoir m'extraire. Impuissant à soutenir le regard du maître, je ferme les yeux et ne les rouvre que quand j'entends l'unique mot que Fabrice prononce : « Voilà. » Dans le miroir, ma tête ne peut réprimer un sourire : ma tonsure a disparu. Seul un dieu a pu accomplir ce miracle, car oui, non seulement ma tonsure a disparu, mais mes cheveux fins, d'ordinaire incapables du moindre volume, se sont mués en une crinière qui me donne du chien, pour ne pas dire du fauve. Je laisse échapper un merci, dont je n'ai, cette fois, pas honte. Fabrice s'incline imperceptiblement et s'éclipse, comme il est arrivé, entouré de sa nuée d'anges.

Kevin surgit et me propose, comme je m'y attendais, une longue liste de soins dont j'interromps l'énumération d'un billet de vingt euros, me faisant ainsi passer pour le mécène que je ne suis pas. En bon référent devenu encore plus déférent, il me débarrasse de mon cache-nuque puis de mon peignoir, et, après m'avoir offert un petit sac en jute rempli d'échantillons, m'accompagne au vestiaire, puis à la caisse où on me remet une chemise en papier glacé, à l'intérieur de laquelle m'attendent un formulaire et une facture. Celle-ci s'élève à 540 euros. Je réponds avec obéissance à la fiche qui me dénude de mes coordonnées, puis la tends à la caissière à laquelle je demande, à voix basse, si je peux régler en plusieurs fois. On appelle Fabrice. Je le suis dans un bureau.

— On fait quoi maintenant ?

Je devrais partir en courant mais quelque chose me retient. Quelqu'un plutôt : Fabrice. Je suis toujours sous le charme de sa prestation. Je ressens un besoin profond de continuer à lui confier ma tête. Alors je brandis mon volume à un euro et tente le tout pour le tout.

— Pourquoi ne pas faire de votre salon de coiffure un salon littéraire ? Je suis spécialiste de Flaubert. Je peux rembourser ma dette en vous l'enseignant.

Je me souviens d'un proverbe russe : « Avec des mensonges, tu peux aller loin dans le monde, mais tu ne peux pas revenir. »

Sur le chemin du retour, je repasse devant la librairie. Elle ne paye pas de mine, n'a même pas de nom, mais quelque chose m'y attire. Peut-être le côté grincheux du libraire. On a les défauts de ses qualités, me répétait souvent mon grand-père, véritable homme de lettres, qui soudain me manque. Je n'aurais eu qu'à atterrir sur ses genoux, et laisser sa voix me bercer de Flaubert. Pas comme mon père qui n'apprend des poèmes que pour briller en société.

Quand j'entre, le libraire lit derrière sa caisse. J'avance un peu, mais il continue de lire. Quand je me mets à tousser ostensiblement, on me répond que les livres à un euro ne sont ni repris ni échangés. J'explique que j'enseigne le français dans une école de coiffure et que je ne sais plus comment présenter Gustave Flaubert à mes élèves qui lui restent indécrottablement hermétiques. Pour toute réponse, on me demande ce que Flaubert vient foutre dans une école de coiffure ? Je m'entends répondre qu'il y fait plus chaud que dans un bac à un euro. On me conseille alors d'orienter mes élèves vers la chevelure de l'écrivain.

— Pourquoi êtes-vous si méprisant ?

— Pour un coiffeur, Flaubert ne manque pas d'intérêt, remarquez : sur le portrait à l'huile de Pierre-François Giraud peint en 1856, comme sur l'unique daguerréotype qui existe de lui, Flaubert ressemble à un chauve aux cheveux longs.

— Merci, mais je leur enseigne la littérature, pas la coiffure.

— Ça n'est pas sans lien. Comme son écriture, ce portrait dégage de la puissance. Flaubert a écrasé des générations d'écrivains. Peu s'en sont relevés. Tous se sentent endettés.

Je me souviens de ma dette contractée un peu trop rapidement. Mais déjà le libraire enchaîne :

— Je ne crois pas un mot de votre histoire.

— Mais c'est la vérité ! Je me suis engagé à enseigner Flaubert dans un salon de coiffure.

— Un salon maintenant !

Cette attitude hostile commence à me fasciner. S'autoriser ainsi à mépriser quelqu'un dont dépend votre gagne-pain ! Il en rajoute une couche en me précisant qu'ici on ne vend pas de livres pour les nuls. Piqué, je lui demande d'avoir l'obligeance de bien vouloir me regarder pendant que je lui parle. Sans lever les yeux, le libraire m'apprend qu'il n'interrompt jamais sa lecture au milieu d'un chapitre. Et si un client arrive à ce moment-là ? Un, il n'a pas beaucoup de clients. Deux, ses clients sont devenus des amis. Trois, il me serait reconnaissant de le laisser lire tranquille.

Un parfait inconnu vient de me traiter comme un petit garçon. À trente-neuf ans ! Il m'a même chassé de sa librairie comme on demande à un enfant de monter dans sa chambre. Privé de Flaubert !

Mon père opportunément parti une semaine en voyage d'affaires, j'erre durant des heures dans tout l'appartement. Tel un ancien drogué qui connaît par cœur les affres de la rechute, je m'abstiens de m'injecter la moindre série. Je convoite par la fenêtre la vie qui se joue dehors, comme s'il s'agissait là d'un autre écran où je peux me nourrir de tout ce que je ne vis pas : les voitures qui cherchent désespérément une place, les travailleurs qui s'en éjectent, les concierges qui discutent entre elles, les couples illégaux qui se dévorent le visage dans le petit square que surplombe le salon, et les pigeons qui font de même sur le balcon avant de s'y soulager, manifestant ainsi, vis-à-vis de moi, un mépris volatil.

Je demeure inerte toute la nuit, telle une sarigue née en captivité, terrée dans son coin au grand désespoir des visiteurs. On la relâcherait dans sa mangrove qu'elle resterait posée là, immobile, proie facile. Au lever du jour, je suis toujours en train de grignoter les scènes de cette pièce de rue contemporaine. Elle s'ouvre sur les éboueurs, articulés par le bras au camion qui broie sous leur nez les déjections solides de la cité, parés de vêtements fluorescents. Loin d'avoir honte, ils roulent carrosse, fiers, debout, équipage muet de cet attelage de l'aube. Elle continue avec les mères, débordées d'enfants, la façade repeinte à la va-vite au cas où, aussi peu discrètes que les éboueurs. Elles pressent leur progéniture et, de leur troisième main, téléphonent ou envoient des messages à d'autres mères emportées par l'heure de pointe. En bout de course, elles sanglent les plus petits dans des sièges de rallye automobile, avec des ceintures qui les plaquent contre une armature agréée par la communauté européenne. Les promeneurs de chiens en retard ou en retraite échangent des propos canins intestinaux, tout en s'abaissant à envelopper d'un sac communal les fèces de leur meilleur ami. Dès le sac noué, la conversation scatologique se dénoue et, après s'être reniflés une dernière fois, ils se tendent une main molle encore chaude.

Je retourne dans ma tanière et m'observe dans le miroir que mon père a fait installer pour agrandir ma chambre. Je me trouve transparent, illégitime, inutile. Ce mot m'a toujours hanté : inutile. Les coiffeurs, eux, ne le sont pas. Mon inutilité me disqualifie aux yeux de ces honnêtes travailleurs. Une pensée terrible me traverse : je pourrais crever, là, tout de suite, que je ne manquerais à personne. À mon père, peut-être.

Toujours le même ! À cause de lui, cette vie de merde depuis la mort de ma mère. À cause de lui, l'humiliation chez un coiffeur à 20 euros. Par voie de conséquence, à cause de lui, cette dette à 540 euros. À trente-neuf ans, je n'ai même pas ce montant sur mon compte bancaire. Mais je sais où le trouver. L'argent liquide de mon père. On y accède uniquement avec un escabeau, et encore faut-il s'armer d'un tournevis pour détacher la partie boisée qui masque le magot. Cet argent ne sent pas bon. Il n'y a pas de mal à l'aérer un peu. J'en sors trois billets de 200. Ne pas m'abaisser à demander la monnaie. On interprétera ces 60 euros supplémentaires comme on voudra ; pour les intérêts, pour le pourboire du coiffeur, pour oublier tout ça. *Exit* Fabrice et Flaubert. Quant à mon père, ce vol n'est qu'un cadavre supplémentaire à inscrire au passif de notre relation. On verra bien quand viendra l'heure de l'inventaire. Dans la foulée, je lui chipe une jolie enveloppe ivoire en papier vélin, et me rends derechef au salon de coiffure avec, dans la poche portefeuille de mon manteau, cette enveloppe qui m'allège de Fabrice et m'alourdit de mon père.

En chemin, je longe une autre librairie. Pincement au cœur. Je m'arrête devant la vitrine. Sourire de la libraire. J'entre.

— Vous avez un ouvrage critique sur *La Tentation de saint Antoine*?

La libraire m'explique qu'il n'y a pas grand-chose. J'insiste :

— Il doit bien exister des analyses savantes… J'ai besoin de l'opinion d'un auteur de qualité.

Ce dernier mot semble créer un déclic dans son esprit. Elle quitte le rayon scolaire pour une armoire cadenassée dont elle me sort une très belle édition en cuir protégée par un carton. Je suis ému au contact de cette reliure pleine peau ; mon cœur se met à battre plus rapidement contre l'enveloppe. Je me mets à rougir, souris et balbutie un merci. Touchée, la libraire me vante les fleurons vert émeraude dorés à l'or fin vingt-trois carats. Je demande à rester seul un instant. À ma gauche, l'adolescent remboursant sa dette avec de l'argent volé à son père. À ma droite, l'homme qui relève le gant ; la libraire vient de me le tendre.

J'achète ces volumes de la Pléiade. C'est cher ; ça me rassure. Je les vois déjà anoblissant ma bibliothèque. La libraire m'offre, dans la même collection, un *Album Flaubert*, richement illustré, exemplaire d'autant plus rare qu'il est tiré à un nombre limité et interdit à la vente. Dans la foulée, je rafle d'autres Flaubert. Lesté de tout ce bric-à-brac littéraire, je reviens lourdement chez moi, ma dette plein les bras.

À peine rentré, je pose ce butin dans ma bibliothèque. Charme fatal des livres : à leur contact, on se sent intelligent. Je retire la photo où mon père me sourit. Je le glisse sous le meuble, face contre terre. Qu'il morde la poussière ! J'époussette celle amassée sur l'étagère. Flaubert en papier bible chasse mon père en papier glacé.

J'accueille tous les autres volumes, comme ils viennent, et décide cette fois de lire tous les commentaires. Je prends fiévreusement des notes, recopiant l'un, l'autre, un troisième, effleurant à peine l'opinion d'un quatrième que je couds au point de vue d'un cinquième, formant ainsi un patchwork de mots agrégés. Exalté, je me glisse dans une nouvelle servitude : laisser des inconnus lire Flaubert à ma place ; plus sûr de penser à travers eux. À défaut de talent littéraire, je me découvre celui de faussaire. Le plagiat est indétectable. Je tiens ma stratégie pour rembourser ma dette. Pour l'instant, elle me sourit. Plus qu'une stratégie, une vision ! Mon père ne parle que de ça : sa vision, sa vision, sa vision ! On reconnaît un homme à sa vision. J'en possède enfin une.

Je me couche tôt; mon destin m'attend. Cette fois-ci, je ne serai ni en avance, ni en retard, mais bien à l'heure.

Au réveil, je contemple Flaubert se lever sur ma bibliothèque. Classé au petit bonheur, il s'étire de tout son œuvre, embelli de ce que les plus grands – Sartre, Chessex, Zola, Vargas Llosa, Barnes et Nabokov – ont écrit sur lui. Au milieu d'eux, Gustave s'épanouit. Je consacre ma matinée à admirer ce dieu comme on s'oublie à regarder un feu. Quand je commets l'erreur de m'approcher, j'entraperçois Emma Bovary et me prends Flaubert de plein fouet : «*Des gouttes suintaient sur sa figure bleuâtre, qui semblait comme figée dans l'exhalaison d'une vapeur métallique.*» Une phrase suffit à déclencher chez moi une hémorragie sous-conjonctivale, symptôme de l'ophtalmie des neiges qui se contracte, bien le cas ici, en altitude. Ces accumulations de sang accompagnées de larmes tapissent mes yeux, rougis par les UV de ce dieu solaire normand. À force d'être irradié par ses rayons, je conçois une autre vision, plus téméraire : lire moi-même tout Flaubert. Au diable les commentaires de commentaires !

Gustave m'appelle : je dois me montrer à la hauteur. Oser escalader en solitaire cette montagne littéraire revient à remettre en service mes ailes, mazoutées depuis le décès de ma mère. Mon avenir se joue maintenant, à l'aube de la lecture la plus importante de ma vie.

Il me reste cinq jours pour rédiger ce cours sur Flaubert. Je décide de m'avaler *La Tentation* en prenant l'engagement de ne pas me reposer avant d'avoir lu la dernière page. Je suis d'emblée désarçonné : cherchant l'ouvrage dans mes nombreuses acquisitions de la veille, je tombe sur une version de *La Tentation* de 1856 et sur une autre de 1874. En creusant, ce que je découvre me désempare davantage : la première version que Flaubert avait lue à ses amis datait de 1849. Ça fait trois tentations ! Fidèle à la religion paternelle de la vision, je m'interdis le plaisir de grappiller Flaubert à l'aveugle. Ma stratégie devient implacable : lire les *Tentation de saint Antoine* dans l'ordre.

Les jours s'enchaînent aux nuits, nuits bagnardes, ensevelies dans les boyaux d'une mine à ciel fermé, veines éteintes, taries. Je lutte contre de la roche ancienne, éprouvée, hostile. Je me cramponne. *La Tentation*, j'en fais une affaire personnelle. J'empoigne les deux premièrers versions et encaisse les personnages que Flaubert me balance par grappes. Une première salve de péchés : l'envie, l'avarice, la gourmandise, la paresse, la colère, l'orgueil et la luxure. Supposés tenter Antoine, ils m'assomment. Débarquent alors les Hérésies, poussées par les péchés. Je parviens à peine à prononcer leur nom : les Antidicomaristes, les Artotyrites, les Carpocratiens, les Circoncellions, les Caïnites, les Elxaïtes. Pour m'enfoncer davantage, l'Orgueil fait lire à Antoine : « Au commencement Bythos était. [...] Ces quinze couples font les quinze Syzygies secondaires composées des trente Éons suprêmes qui constituent le Plérôme ou Ensemble supérieur et qui font Dieu. ». Puis, comme si ça ne suffisait pas, apparaissent de faux prophètes que Flaubert présente comme séduisants, mais dont les propos sont encore plus obscurs. Apollonius : «*Jusqu'à quinze ans, on m'a plongé trois fois par jour dans la fontaine Absadée, dont l'eau rend les parjures hydropiques, et l'on me frottait avec les feuilles du cnyza, pour me faire chaste.*» Damis, tout aussi nébuleux : « *C'est que je suis descendu dans l'antre de Trophonius, fils d'Apollon ! C'est que je fais les libations par l'oreille des amphores ! C'est que je connais des prières indiennes !... J'ai pétri, pour les femmes de Syracuse, les phallus de miel rose qu'elles portent en hurlant sur les montagnes. J'ai reçu l'écharpe des Cabires ! J'ai serré contre mon cœur le serpent de Sabasius ! J'ai lavé Cybèle au flot des golfes campaniens, et j'ai passé trois lunes dans les cavernes de Samothrace !»* Comment faire aimer à Fabrice un écrivain aussi impénétrable ?

Plus je creuse *La Tentation de saint Antoine*, plus je m'y embourbe. Une lecture à voix haute, pour me tenir éveillé, ne me sauve pas : le livre me tombe des mains des dizaines de fois. Un soir, un personnage me fait reprendre espoir, une courtisane, malheureusement flanquée d'une certaine Lampito, aux propos incompréhensibles : «*Tu buvais du Mendès dans les coupes carchésiennes.*» Les bras courbatus de soulever *Tentations* et dictionnaires, je décide d'investir dans la version électronique du *Grand Robert* dont les entrées surgissent sans effort. Je regrette aussi sec l'investissement : soit la définition se révèle tout aussi opaque que le mot lui-même, soit le mot n'existe pas. Pour «Carchésiennes», *Robert* me renvoie dans un premier temps à «Kärcher» puis «cartésienne». Je continue de lire, dans l'attente d'un miracle, vois passer un faux Antoine, un cochon à la tirade assez longue, et la reine de Saba : «*Voici du baume de Génézareth, de l'encens du cap Gardean, du ladanon, du cinnamome et du silphium bon à mettre dans les sauces.*» Suivent un sphinx, une foultitude de peuples anciens et des tribus : les Astomi, les Nisnas, les Sciapodes, les Blemmyes, les Pygmées, les Cynocéphales couverts de poils, le Sadhuzag, le Martichoras, le Catoblépas, auxquels Antoine répond fort à propos : «*Oh ! Oh ! Je ne distingue plus...*» Accablé, je vois la Mort apparaître en alternance avec la luxure et le cochon, rejoints par les dieux du Gange,

Zoroastre, Apis, Uranus, la Terre en cheveux blancs, Saturne, Rhéa, Jupiter Olympien, Junon, Minerve, Mars très pâle, Cérès, Neptune, Hercule, les Femmes, l'Archi-Galle, les Bacchants et les Bacchantes, les Muses, Vénus toute nue, suivie de près par Cupidon les paupières chassieuses, les dieux Lares, Crépitus, avant que ne rappliquent tous les péchés, et, l'ordonnateur de toute l'intrigue, le Diable, incarnant la figure suprême de la tentation qui, comme pour se moquer de moi, s'éloigne avec des «*Ha ! Ha ! Ha !*»

Reste la troisième *Tentation.* À l'instar de tout rite tribal, peut-être dois-je en baver pendant deux tentations, avant d'être consacré sur l'autel de la troisième. Fidèle à ma promesse de ne me cramponner à la bouée d'aucun commentaire, je me plonge dans cette dernière *Tentation de saint Antoine.* Ce qui était délirant dans les versions précédentes devient sévère, maîtrisé, presque condescendant. Maigre consolation, saint Antoine pense comme moi : «*Quelle solitude ! Quel ennui !*» Je m'enlise à nouveau dans des personnages aux noms toujours sibyllins. Je les ingurgite, comme contraint de lire un annuaire de l'Antiquité : les Nicolaïtes, les Marcosiens, les Helvidiens, les Messaliens, les Paterniens, les Archontiques, les Tatianiens, les Valésiens, les Séthianiens, les Théodotiens, les Mérinthiens, les Hérésiarques, les Marcionites, les Encratites, les vieux Ébionites… Le livre s'achève (et m'achève) sur une énième énumération : «*J'ai envie de voler, de nager, d'aboyer, de beugler, de hurler. Je voudrais avoir des ailes, une carapace, une écorce, souffler de la fumée, porter une trompe, tordre mon corps, me diviser partout, être en tout, m'émaner avec les odeurs, me développer comme les plantes, couler comme l'eau, vibrer comme le son, briller comme la lumière, me blottir sur toutes les formes, pénétrer chaque atome, descendre jusqu'au fond de la matière, — être la matière !* »

Sensation d'être incurable. J'ai fait le pari de m'élever seul, mais je suis retombé plus bas. Le matin du quatrième jour, je m'effondre sur mon bureau, la tête coincée entre mes bourreaux : les *Tentations*, les dictionnaires, et ma page toujours blanche sur laquelle se reflètent les derniers mots de la troisième version : « *Le jour enfin paraît...* » Et c'est ainsi qu'après une trop brève éclaircie, ma chambre redevint la tanière de ma déprime.

J'émerge en début de soirée. Il me reste vingt-quatre heures avant de fuir, m'excuser ou me faire humilier pour la seconde fois chez un coiffeur. J'envisage de voler à nouveau mon père. Non : ça reviendrait à mettre mon âme au clou. Reste le libraire hostile. Je le considère responsable de mon malheur et décide d'aller lui demander des comptes.

Je le trouve non point en train de lire, mais d'écrire. Comme si je venais de pénétrer dans une église, un instinct de révérence naît en moi, et je me fige devant le tableau de cet homme absorbé dans cette occupation sacrée. Je me jure de ne pas prononcer le moindre mot sans y être invité. Au bout de dix minutes, le libraire ferme son cahier.

— C'est pour quoi ?

— C'est pour *La Tentation de saint Antoine*...

— Les livres à un euro ne sont ni repris ni échangés.

— J'ai besoin de comprendre pourquoi c'est un chef-d'œuvre. J'ai tout essayé. Vous êtes mon dernier recours.

— Mouais... du service après-vente... quel diable vous a mis en tête que ce livre était un chef-d'œuvre ? Mais vous êtes tout pâle... asseyez-vous.

Je confesse le coup de tondeuse, l'humiliation chez le premier coiffeur et ma dette. Tout ça à cause de son bac qui m'a mis en retard.

— Laquelle ?

— Je ne comprends pas votre question.

— Quelle *Tentation* m'avez-vous achetée ?

Pour avoir lu tant de fois la première page sans la comprendre, j'en prononce de tête les premiers mots :

— « *C'est dans la Thébaïde...* »

Et le libraire d'enchaîner :

— « ... *au haut d'une montagne, sur une plate-forme arrondie en demi-lune, et qu'enferment de grosses pierres.* » La dernière, oui, c'est bien celle-là que je vous ai vendue. Que puis-je faire pour vous ?

— Me l'expliquer... enfin... plus que ça... me la faire aimer... enfin... moins que ça... m'apprendre à la faire aimer pour rembourser ma dette.

— Pas très compliqué : la tradition critique se fait fort de s'appuyer sur les mots que l'ermite de Croisset place dans la bouche de la Chimère lors du célèbre dialogue avec le Sphinx : « *Je galope dans les corridors du labyrinthe, je plane sur les monts, je rase les flots...* ». Quoi de plus autoréférentiel que cette rêverie désincarnée qui annonce déjà les errances d'Emma ou les dérives de Frédéric Moreau !

Je hoche la tête pour masquer mon ignorance, mais ose tout de même demander si cela suffira à faire aimer *La Tentation de saint Antoine.*

— Faire aimer ? Non, sûrement pas. Mais faire taire, certainement. Regardez-vous. Vous avez acquiescé en rougissant. Auriez-vous osé dire que vous n'aviez pas compris ?

— Oui, bien sûr… Enfin, non, je n'aurais pas osé.

— Il en sera de même pour votre coiffeur créditeur.

Et le libraire de déclamer à voix haute, dans une diction parfaite, quelques lignes contre lesquelles j'avais tant buté :

— «*Ces rais de flamme se rembrunissent, les parties d'azur prennent une pâleur nacrée; les buissons, les cailloux, la terre, tout paraît dur comme du bronze; et dans l'espace flotte une poudre d'or tellement menue qu'elle se confond avec la vibration de la lumière.*»

Il ajoute :

— Vous n'imaginez pas le bien que ça fait de gueuler du Flaubert. On n'est pas nombreux à s'intéresser à *La Tentation*. Ça n'est pas votre faute. Le système est mal foutu. On force les mômes à lire *Madame Bovary* à l'école. Souvent trop tôt. On les écœure, avant même qu'ils aient goûté d'eux-mêmes les premières lignes. On les assomme avec la théorie de l'impersonnalité, le discours indirect libre et une écriture austère qui serait la marque de fabrique de Flaubert. Ils en ressortent en ânonnant «Madame Bovary, c'est moi!», en affirmant que le style prime sur l'action, et que de toute façon il n'y en a pas. Certains leur font même croire que la biographie de l'auteur est sans intérêt aucun. Faux! Faux! Faux! La connaissance de la vie de Flaubert est cruciale. *Madame Bovary* doit tout à *La Tentation de saint Antoine*. À sa première version. Lui, qui gueulait sa prose pour s'assurer qu'elle sonnât bien, a lu pendant quatre jours sa *Tentation* à ses amis Maxime et Louis. Ignorer ce détail biographique, c'est ne rien comprendre à la modernité absolue de sa plume. Quand il leur demande «*Dites franchement ce que vous en pensez!*», Louis Bouilhet, pourtant réservé et presque timide, ne se démonte pas et lâche : «*Nous pensons qu'il faut jeter cela au feu et n'en jamais reparler.*» Gustave est anéanti. Comme il le sera à la mort de Bouilhet.

Et le libraire, à nouveau de tête :

— «*C'est pour moi une perte irréparable, j'ai enterré hier ma conscience littéraire, mon cerveau, ma boussole… En perdant mon pauvre Bouilhet, j'ai perdu mon accoucheur littéraire, celui qui voyait dans ma pensée plus clairement que moi-même… Je suis poursuivi par son fantôme que je retrouve dans mes robes de chambre qu'il mettait…*»

Il explique :

— Louis-Hyacinthe Bouilhet… Le meilleur ami de Flaubert. Tout écrivain a besoin d'un meilleur ami qui l'empêche de s'écouter écrire. Louis-Hyacinthe a joué ce rôle-là. Il venait tous les lundis à Croisset. Gustave lui lisait ses nouvelles pages. Ils s'aimaient de cet amour littéraire inépuisable. Leur ressemblance physique est dérangeante. De la même façon qu'on se demande encore aujourd'hui si Guy de Maupassant ne serait pas le fils de Gustave, certaines langues continuent à laisser entendre que le papa, Achille Cléophas Flaubert, le tout-puissant chirurgien-chef à l'Hôtel-Dieu de Rouen, pourrait être aussi le père de Louis. L'important n'est pas là. L'important est que l'injonction de jeter *La Tentation* au feu est le conseil le plus avisé que Flaubert reçut de toute sa vie. C'est sur les cendres de ce verbiage lyrique que naîtra la pureté du style de *Madame Bovary*. Gustave doit beaucoup à Louis. Lequel Louis était, de son vivant, plus connu que Gustave. Lequel Gustave a bénéficié de son amicale franchise.

— Ah... mais n'existe-t-il pas tout de même un moyen de la faire aimer, cette *Tentation* ?

— Non. *La Tentation*, c'est chiant.

— C'est chiant ?

— Tout dépend d'où on la lit. *La Tentation* est l'ouvrage de sa vie. C'est le dernier livre publié de son vivant, celui qu'il n'a eu de cesse de remettre sur le métier. Il y a travaillé vingt-cinq ans. Il n'a jamais renoncé à le couver. Comprenez-vous mieux maintenant que le succès de l'épure de *Madame Bovary* doit tout à l'échec du lyrisme de *La Tentation* première version ? L'interminable pensum qu'a constitué l'écriture contenue de sa Bovary résulte de l'assassinat de l'écriture jouissive et organique de *La Tentation*. Coup fatal porté par son meilleur ami. La disparition de l'auteur, ce concept érigé comme dogme, est la punition que Flaubert s'inflige pour s'être laissé aller au bonheur d'écrire. La première *Tentation* dévoile le Flaubert de la correspondance. Au lieu de chasser son « moi » dans ses moindres recoins, il s'y vautre tout entier. Vous me direz, aujourd'hui, 90 % des écrivains le font, comme jamais auparavant dans l'histoire de la littérature, au nom de cette impudique autofiction tant à la mode, où il est bien vu d'exposer ses vieilles couches puantes, celles de ses parents, de ses maîtresses et autres amants, et de se poser en victime universelle sauvée *in extremis* par un déballage qui n'a de littéraire que le nom. D'où mes bacs à un euro.

— Mais, alors, je ne comprends plus… vous aimez Flaubert, ou pas ?

— Flaubert ? Il est trop abouti. Il y a, chez lui, une sorte de perfection funèbre. Quand on le lit, il manque le déséquilibre qui fait qu'on est obligé d'avancer pour ne pas tomber.

— Donc, vous ne l'aimez pas ?

— Ah… tous ces hommes illustres dont l'exemple enflamme nos espérances et confond notre lâcheté.

— Vous parlez si bien.

— C'est du Bossuet, et c'est tout mon problème. J'ai tellement lu que je ne m'exprime plus par moi-même. Quand j'y parviens, mille autres phrases, pondues par des génies, m'assaillent et anéantissent ma prose à peine née. C'est pour ça que vous ne m'avez pas dérangé quand vous êtes arrivé. Mon temps de lecture est sacré, vous le savez, mais pas mon écriture… d'ailleurs, je n'écris pas, et je n'accepterai jamais de me faire publier.

— Moi, je ne dirais pas non !

— Eh bien, allez-y gaiement ! De toute façon, vous n'avez pas mon problème. L'ignorance est un luxe quand il s'agit d'écrire. On ne ploie point sous les siècles. On plagie malgré soi. Sans risques. De nos jours, l'immense majorité des lecteurs se complaît dans la même ignorance que l'immense majorité des écrivains. Paraphrasez Bossuet, on criera au génie, comme vous venez à l'instant de le faire. Flaubert, Flaubert le monstre, lui non plus ne souhaitait pas être publié.

— C'est pour ça que vous n'osez pas vous-même ? Est-ce que vous lui en voulez ?

— Non. Pas de ça. Mais avec *Madame Bovary*, et surtout avec sa correspondance qui est l'exutoire de toutes ses frustrations, Flaubert a convaincu des générations d'écrivains, dont je fais en effet partie, que l'écriture se devait d'être une pénitence, une souffrance inhérente au talent, une perfection atteinte sans joie, bref, que le salut de la création ne s'offrait qu'aux moines de la plume. Ainsi, pour se venger de saint Antoine, Flaubert aura, à son insu, fondé un ordre des écrivains, où l'austérité et l'absence de soi sont les conditions pour prendre le cilice. Comme le dit Zola : « *Il est entré dans la littérature, comme autrefois on entrait dans un ordre, pour y goûter toutes ses joies et y mourir. Gustave Flaubert a le travail d'un bénédictin.* » Vous voyez : même Zola a cédé à l'autocensure qui interdit à quiconque de critiquer Flaubert. Il parle de *La Tentation* comme du plus grand chef-d'œuvre :

«*Jamais pareil soufflet n'a été donné à l'humanité.*» Ce faisant, Zola donne le ton à toutes les génuflexions que Flaubert avait pourtant en horreur.

— Une dernière question.

— Oui…

— Demain, vous ne voudriez pas donner le cours à ma place ?

— Jamais. Je ne saurais d'ailleurs pas. Vous ferez ça bien mieux que moi. Vous avez de la matière maintenant. Rentrez chez vous, et toutes les notes que je vous ai vu prendre, transcrivez-les avec vos mots à vous. Je vous ai traduit Flaubert à ma façon. À votre tour de le traduire à votre coiffeur. En cela, vous ferez œuvre utile. Et puisque vous aimeriez être publié, ce sera votre première besogne. L'écriture n'est rien d'autre. Rabotez, polissez, coupez beaucoup; noyez même ce qu'il y a de meilleur. Demain, vous exercerez le plus beau métier du monde : celui d'éveiller à la littérature. On apprend en enseignant. Tous les enseignants honnêtes vous l'avoueront. Le peu qu'ils savent, ils l'ont appris car il leur fallait le transmettre. Leurs élèves les prennent pour des savants; ils ne sont que d'anciens ignorants. Vous marchez dans leurs pas; soyez fier de cette filiation. On leur doit tant. Aujourd'hui, grâce à vous, j'ai moi-même appris. Soyez-en remercié.

Je fis encore parler ce libraire dont le prénom était Florimond.

Qui est cet homme étrange? Libraire qui ne cherche pas à vendre des livres, lecteur qui regrette d'avoir trop lu, écrivain qui refuse d'être publié, ami qui ne souhaite pas se faire aimer. Qui est ce père qui me perce à jour sans m'avoir engendré? D'où lui vient cette bonté dont je ne me sens pas redevable? Qui est ce Cyrano d'un genre nouveau, qui me souffle des phrases parfaites, mais sans jamais me les écrire? De Flaubert, il ne dit pas de mal, mais pas de bien non plus. Rien de professoral; ni le ton ni le fond. Ses mots à propos du grand écrivain : «Flaubert est trop abouti. Il y a, chez lui, une sorte de perfection funèbre. Quand on le lit, il manque le déséquilibre qui fait qu'on est obligé d'avancer pour ne pas tomber.» Je suis heureux de les avoir notées, ces phrases. Sans les comprendre, au début, puis en les savourant. Trois phrases qui disent tout. De Flaubert, mais aussi de Florimond, ce libraire au prénom d'un autre temps, dont on sent la présence enveloppante vous accompagner. Alors, ce maître-libraire m'accompagne, mais sans jamais me tenir la main. Comme un scribe qui me tendrait sa plume. Un scribe inutile. Il sait pourtant que ma dette en dépend, et au-delà de ma dette, ma tête, au propre comme au figuré. Il m'aide sans m'aider. Pour ne rien arranger, alors que je suis en quête de certitudes, il me révèle qu'il vénère Nerval, brouillons et fragments, poèmes qui naissent de l'inachevé. Et quand je le supplie enfin de m'expliquer clairement la chose littéraire, il me récite un poème en grec. Oui, quelques mots de grec, langue maternelle des hommes.

ή ο ήχος μιας σταγόνας	ou le bruit d'une goutte
καθώς πέφτει	quand elle tombe
από 'να τριαντάφυλλο στον ποτισμένο κήπο	d'une rose dans le jardin arrosé
αργά αργά ένα ανοιξιάτικο απόβραδο	doucement doucement un soir de printemps
σαν το λυγμό ενος πουλιού	comme le sanglot d'un oiseau.
Δεν ξέρω τι σημαίνει αυτός ο ήχος	Je ne sais pas ce que signifie ce bruit
ωστόσο εγώ τον παραδέχομαι	pourtant moi, je l'accueille.

Irrigué par Yannis Ritsos et son *Explication nécessaire* dont le libraire m'offre le recueil, je rentre chez moi où je lis et relis ce poème, avant de m'endormir dans le sanglot de cet oiseau issu d'une goutte d'eau.

Il est dix-neuf heures. J moins 1. J'étale mes notes et tente de restituer l'éblouissante éloquence de Florimond avec mes propres mots. Je les assemble dans un sens puis dans l'autre, les recopie sur des petits bouts de papier, les mélange. Ça donne ça. Ça donne tout. Ça ne donne rien. Pourtant, les calligraphier, les recopier, les mettre en collier, oui, les enfiler sans se préoccuper du sens, tout cela me plaît et parvient à me faire oublier le compte à rebours. Mais au bout de quelques minutes de ce délicieux égarement, sur l'horloge de la dette, je sens l'aiguille reprendre son pas lent et implacable. Il me faut écrire un cours, mon cours, à tout le moins produire quelque chose qui y ressemble. Comment mêler les mots du libraire et les miens d'une seule voix ? J'ai passé l'essentiel de ma vie en marge de moi-même, pâle reflet des opinions de mon père, lequel père m'aime probablement pour ça aussi. Et voilà que je fais de même avec ce libraire, m'efface devant lui, sous lui, derrière lui, deviens le porte-voix d'un autre homme à la forte personnalité, le ventriloque d'une autre bouche que la mienne, la marionnette de plus en plus inerte d'une vie qui finira par m'échapper complètement.

Je rassemble mes dernières forces, mélange les petits papiers de mots, les frotte les uns contre les autres comme on caresse la lampe d'un génie dans l'attente d'un miracle, et ferme les yeux en priant. Quand je les rouvre, je tombe sur « chiant ». Florimond avait osé le prononcer. Je l'utiliserais bien à mon tour, celui-là. Mais non, non, bien sûr. C'est hors de question. On ne fait pas aimer Flaubert en commençant par affirmer qu'il est chiant. Je jette à la poubelle le seul mot qui reflète ma pensée et suis pris d'une soudaine angoisse devant ce puzzle en papier que je ne parviens pas à assembler. Je renoue avec une pathologie que je ne connais que trop bien : l'attaque de panique. Elle me tombe dessus sans prévenir. Je me mets à trembler, à étouffer, à transpirer, deviens pâle, me rue dehors, des palpitations s'en mêlent, les gens m'évitent, je déambule, entre dans un magasin, n'importe lequel, parle à la vendeuse, elle a peur au début, mais elle est bien obligée de m'écouter. Si je transpire trop, j'allègue une crise d'hypoglycémie, demande un sucre, une banane, un chewing-gum, une main, parfois on me la prête, un regard qui ne juge pas, une infirmière de l'instant. Pour finir, je dépense, comme pour m'excuser d'être paniqué, comme pour payer la consultation, comme pour dire voyez je suis normal, moi aussi je consomme. L'attaque de panique fait dépenser car dépenser apaise ; jusqu'à la prochaine crise. Cet achat compulsif me détourne de moi-même. Acheter l'intégrale de Flaubert, ça avait été ça, et rien d'autre. Une monumentale attaque de panique. À cause du syndrome de l'imposteur. À cause d'une coupe de cheveux. À cause d'un livre à un euro. Le quiproquo intégral, la méprise dont on ne récolte que mépris, le malentendu dont on ne se relève pas. Je ne sais m'embarquer que dans des galères. Celle-ci est littéraire. Et après ? Je ramerai plus longtemps, c'est tout.

Le jour J, je me présente à l'heure avec mon livre en cuir vert truffé de post-it. Je m'en servirai au besoin. Ou si je dois attendre. Mais, une fois de plus, je n'attends pas : c'est tout le salon qui m'attend. Ça ne sent pas bon. Je marche, soumis à la violence d'un silence inconnu dans une telle enceinte. Encore plus stridents qu'à l'ordinaire, les spots, comme autant de poursuites dont je ne réchapperai pas, convergent vers l'épicentre de l'immense pièce où s'érige, phallique, un pupitre. Mes derniers espoirs d'un public clairsemé sont laminés. Probablement contraints et forcés, tous les employés vont assister à mon exécution. Installés dans les imposants fauteuils noirs alignés face au pupitre, ils ressemblent à autant de juges qui auront tôt fait de me condamner. Bien plus que 540 euros, je m'apprête à payer, devant une salle comble, la facture de toutes mes errances passées.

En guise de loge, Jenny me conduit dans un boudoir réservé aux personnalités. Au bout de dix longues minutes, on frappe. Fabrice entre, seul. Puis, on frappe à nouveau. Les quatre chrysalides emmaillotées de blanc entourent leur maître, aussi raides et attentives que la première fois. La scène se répète, imperturbable. Les phalanges du maestro forment de nouvelles arabesques. Fabrice maintient son majeur et son annulaire sur le duvet naissant de ma tonsure, respire à trois reprises, relâche tout son corps et effectue, pieds enracinés, ciseau et peigne en main, une autre chorégraphie, à l'issue de laquelle il prononce :

— Voilà. Maintenant, c'est à vous de jouer. Tout le salon vous attend.

Je m'enferme dans le boudoir, implore une stratégie, une vision, un *deus ex machina*, me mets à trembler, saisis un sèche-cheveux, l'appuie contre ma tempe. On frappe. «J'arrive!» Dans le miroir, ma crinière ressuscite en moi le félin, mais un félin sans griffes, le roi impuissant d'une jungle dans laquelle je n'aurais jamais dû m'enfoncer. Dans quelques instants, je serai démasqué.

Je déverrouille la porte et me dirige nu vers l'échafaud.

Que dire ? On m'a applaudi. À l'heure qu'il est, je ne comprends pas pourquoi. On a applaudi une marionnette, un pantin, pire : un plagiaire qui passe sa vie à emprunter aux autres ce qu'il sait ne jamais pouvoir leur rembourser. C'est gênant d'être applaudi ; un autre qu'on remercie. Ce cours, je l'ai écrit tout seul, mais j'ai tant cité Flaubert et Florimond, que c'est à eux que ces applaudissements reviennent.

Une fois sorti du salon, je cherche à m'enfoncer dans la nuit, mais on est le 21 juin et le jour le plus long porte bien son nom. Pour fuir la lumière, la ville, les gens, je cours vers un parc. Arrivé près d'un ponton, je m'assois sur un banc qui interroge le lac. À quelques mètres, des cygnes se querellent ; une dispute dont je ne saisis pas l'enjeu. Puis, je comprends que l'un d'entre eux tente de se joindre au groupe qui ne veut pas de lui. Je contemple ce cygne, reflet de moi-même, qui souligne sur l'eau mon incapacité à me fondre dans la société. J'éprouve de la peine pour sa blancheur inutile. Chassé, il vient se poser non loin de moi. Je l'imagine quadragénaire, sans mère ni amis. Alors que j'admire la longueur de son cou et la texture soyeuse de son plumage, un chien le fait fuir vers son destin solitaire. Puis, c'est au tour du soleil de m'abandonner, et je demeure seul sous la pénombre d'un arbre dont j'ignore le nom.

On m'a applaudi, et Jenny m'a remis un bout de papier que je n'ai pas encore eu la force d'ouvrir. Le cours, les applaudissements et ce billet doux ressemblent à une amorce d'existence. Une ébauche de moi-même qui ne se dérobe plus. Le squelette d'un homme, plus celui d'un enfant. En ayant eu les couilles – pardon, mais je ne trouve pas d'autre mot plus adéquat, moi qui croyais en avoir été définitivement privé –, en ayant eu les couilles de donner un cours sur un sujet dont j'ignorais tout une semaine plus tôt, je viens d'accomplir un acte fort. On peut se moquer, on se moquerait certainement, on est peut-être déjà en train de se moquer de moi au salon, je n'en ai pas moins pénétré la cour des grands, ou, plus exactement, enfin quitté celle des petits. Moi qui me suis inscrit trois fois en première année de droit sans jamais passer un seul examen, je délaisse enfin la corporation des velléitaires professionnels, qui finissent englués dans l'imposture de leur vie. Même si mon grand oral a eu lieu dans un salon de coiffure, je m'y suis quand même présenté. Répondre présent est un acte de la plus haute importance : un acte qui inverse ma tendance naturelle à répondre absent. Quand on perd sa mère à quatorze ans, la vie ne fait plus sens qu'en répliquant son absence. Je n'ai pas d'autre explication.

Debout à la barre de mon pupitre, j'ai bu l'amer calice des trois *Tentations* jusqu'à la lie, flagellation publique dont j'ai supporté le supplice jusqu'au dernier post-it. Cette deuxième épreuve dans un salon de coiffure a duré nettement plus longtemps. Chaque seconde une heure. Chaque mot a pesé sur ma langue. Pourtant, ce soir, j'ai le sentiment de m'être déplié. À peine, certes, à peine. Comme l'infime craquement d'une porte qu'on croyait condamnée à jamais. Un rai de lumière s'est enfin infiltré dans mon obscurité. Cette éclaircie, je ne la dois à personne. Je me suis volontairement présenté dans mon plus simple appareil. Oui, au lieu de faire croire que j'étais intelligent, en me parant, comme trop souvent, du succès de mon père, je me suis affiché tel quel : insipide, maladroit, inepte, et le plus surprenant, c'est que ça m'apaisait. Je ne cherchais enfin plus à coller à l'image d'un autre que moi, tant de fois fabriquée et tant de fois déchirée. Au moment où je m'y attendais le moins, j'ai dévoilé mon vrai visage, aussi minable fût-il à contempler. Certes, j'ai donné mon cours avec des antisèches. Je le regrette. Quitte à être nu, autant se présenter complètement à poil, sans avoir peur d'afficher ses boutons et ses bourrelets. L'absence de post-it m'eût rendu encore plus nu, altérable, christique. Quitte à être assez fou pour oser marcher sur l'eau quand on ne sait pas nager, autant y aller sans bouée. La prochaine fois, je viendrai les mains nues. Y aura-t-il une prochaine fois ? Je le souhaite. Ardemment, même. Continuer à trimer sur ce chemin de croix capillo-littéraire m'attire. J'aurai au moins fait ça dans ma vie. La peur au ventre certes, le cœur effaré, les mains moites, la gorge sèche, oui, tout ça, mais tout ça debout, pour la toute première fois debout.

Je prends la décision d'aller dire à mon père que je l'ai volé. Il est ô combien temps que je me plante devant lui, immobile, fier, bien ancré dans le sol, au lieu de me contorsionner comme si je devais aller pisser. Je le surprends dans la cuisine. Une fois mon larcin avoué, il lâche :

— Comment as-tu pu faire ça à ton meilleur ami ?

Je sors de l'appartement sans claquer la porte, fortifié d'avoir enfin eu le courage de me soustraire à la glu de sa tendresse.

Une page vient de se tourner sans bruit. Les grandes mutations se font peut-être dans le silence. Je me retrouve dans la rue et à la rue. Où dormir ? D'amis, d'amis chez qui on peut débarquer, je n'en ai pas ; plus. Quand on s'avale des séries, les saisons défilent et on finit par avoir un écran pour unique interlocuteur. Un hôtel ? Je fouille dans la poche gauche de mon manteau, mais, à défaut d'argent, n'y trouve que *La Tentation*. Dans la poche droite, quelques malheureuses pièces, seules rescapées de ma razzia littéraire. J'y pêche aussi le papier de Jenny. Elle écrit son premier roman et souhaite savoir si, dans la phrase « C'était une vieille parisienne », parisienne prend une majuscule ou pas. Un seul homme peut répondre à cette question.

La librairie est allumée.

— Oui ?

— Je ne voulais pas vous déranger.

— C'est raté !

— Vous êtes encore ouvert à cette heure-ci ?

— J'habite ici. Enfin... au-dessus. Je n'ai pas d'employés et pas d'horaires. Il m'arrive d'être fermé aux heures d'ouverture, donc ça compense un peu.

— Vous êtes en train d'écrire ?

— Je suis en train de recopier.

— Ce que vous avez écrit ?

— Non. Surtout pas. Les grands. Je me constitue des carnets. Je veux avoir sur moi l'essentiel de la littérature.

— Ah, oui ; la fameuse question des livres que vous emporteriez sur une île déserte.

— Ma bibliothèque idéale n'est composée que d'extraits.

— De la littérature française ?

— Non, tout. Homère, Balzac, les Chinois…

— Les Chinois ?

— Oui, deux cents poèmes chinois que je recopie en miniature. Comment s'est passé votre cours ?

— On ne peut pas faire aimer un auteur qu'on n'aime pas.

— Il faut avoir beaucoup lu pour aimer Flaubert.

— Alors qu'est-ce qu'il faut lire ?

— Oh, il existe des quantités de livres qui prétendent donner la recette de la littérature, à travers un classement, des règles, des préoccupations esthétiques, en se référant à des prix, par pays, par époques. Les gens vénèrent ces listes de livres qu'ils ne liront jamais. La littérature, ça n'est pas ça.

— C'est quoi ?

— C'est mille choses à la fois. D'abord, c'est le texte, jamais les commentaires. Les commentaires, c'est du prêt-à-penser, tout est déjà mâché. Non, ce qui est intéressant dans la littérature, c'est précisément le contraire.

— Vous pouvez me donner un exemple ?

— Puisque vous êtes fâché avec Flaubert, passez-moi *L'Éducation sentimentale* qui se trouve derrière vous. Merci. Lisez ce paragraphe à voix haute. Arrêtez-vous au mot chaîne.

— « *Le ciel d'un bleu tendre, arrondi comme un dôme, s'appuyait à l'horizon sur la dentelure des bois. En face, au bout de la prairie, il y avait un clocher dans un village ; et, plus loin, à gauche, le toit d'une maison faisait une tache rouge sur la rivière, qui semblait immobile dans toute la longueur de sa sinuosité. Des joncs se penchaient pourtant, et l'eau secouait légèrement des perches plantées au bord pour tenir des filets; une nasse d'osier, deux ou trois vieilles chaloupes étaient là. Près de l'auberge, une fille en chapeau de paille tirait des seaux d'un puits; chaque fois qu'ils remontaient, Frédéric écoutait avec une jouissance inexprimable le grincement de la chaîne.*»

— Écoutez ce grincement de chaîne qui suscite chez Frédéric une jouissance inexprimable, ce non-dit qui rend ce son si intense. Ça, c'est un des rôles de la littérature : attirer notre attention sur ces spectacles infimes sans liens apparents avec notre existence, mettre en valeur l'inutile. Ce qui nous propulse chez les poètes chinois. Car ce passage de *L'Éducation sentimentale* est, d'une certaine manière, très taoïste.

— Je ne vous suis plus; je ne comprends pas le rapport entre Flaubert et les Chinois.

— Il y en a un pourtant. Typiquement, avec ce passage, Flaubert arrive à la paix. Comme dans *Un cœur simple*. Lui qui a tendance à tartiner des pages et des pages, des énumérations sans fin, à être exhaustif, là, dans la brièveté d'*Un cœur simple* il côtoie de plus près la littérature. Il l'a dit lui-même : «*Qui se contient s'accroît.*» Ce perroquet qui devient une sorte de Saint-Esprit dans la naïveté de Félicité... Là, Flaubert me semble aimable. Lorsque, d'une description, il sait créer le silence. Quand les choses s'apaisent à la lecture d'un passage. Oui… les silences créés en nous par Flaubert sont aimables dans la mesure où l'on peut s'y oublier. Loin de toutes ces passions dont il a empli *La Tentation* : l'amour, la haine, la jalousie, l'envie, la colère, le mépris, et j'en passe. Quand on lit *Un cœur simple*, même l'ego disparaît pour laisser place à un moi vide. Flaubert, c'est par là que je l'aime. Mais ce qui a trait aux rapports humains m'ennuie. L'amour, le désamour, l'ambition, ce qui constitue le nœud des intrigues, ça n'est pas plus réussi chez Flaubert que chez qui que ce soit d'autre.

— Mais alors pourquoi est-il si vénéré ?

— Les gens se reconnaissent dans l'homme Flaubert. Cette manière d'être un peu à côté de sa vie. Avec sa correspondance, il a mis en scène sa postérité. Je ne dis pas qu'il l'ait fait malhonnêtement. D'ailleurs, il souhaitait qu'on la brûlât, sa correspondance. Non, c'est de lui à lui. N'ayant pas de religion, il accomplit son métier d'écrivain comme un devoir sacré. Il y a du sacré dans son écriture, ou plus exactement dans la façon dont il l'envisage.

— Quand je vous écoute, je réalise que j'ai eu l'inconscience de vouloir l'enseigner. Et je continue à vous enquiquiner à cause de cette dette absurde. Je suis désolé.

— Arrêtez de vous excuser ! Arrêtez surtout de vous excuser de ne pas savoir. Ce que vous appelez votre ignorance n'est rien d'autre qu'une absence de certains savoirs. Cette ignorance, dont vous avez tant honte, est le plus sûr chemin vers la transcription de votre âme. Croyez-moi : je donnerais cher pour échanger tout mon savoir contre votre innocence, car, en définitive, c'est cela votre ignorance : une innocence qui aiguise votre sensibilité. À l'instant où vous saurez, et d'autant plus si ce savoir vous tombe tout cru du haut de la chaire d'un maître, à l'instant où vous saurez, vous ne ressentirez plus. Ne sachant pas, vous trouverez mieux vos mots, animé comme un petit enfant par cette euphorie qui vous prémunit contre la crainte d'écrire un contresens. Il n'y a pas de contresens en poésie, et la littérature ne vaut qu'en ce qu'elle est poétique. D'ailleurs, dans un premier temps, ne cherchez pas vos mots. Accueillez-les sur n'importe quel support, laissez-les dévaler tout seuls la pente de votre imaginaire, et posez-les en vrac devant vous. N'obéissez à aucun ordre, dans tous les sens du mot. D'ailleurs, arrêtez d'obéir, vous n'écrirez jamais rien de bon. Amusez-vous avec ce vieux truc, certes archiconnu, mais susceptible de vous libérer la plume : coupez une centaine de petits bouts de papier. Sur chaque papier, un mot, le mot d'un autre. On ne crée pas de mots; on les utilise bien ou mal, c'est tout. Et puis, choisissez-en dix, au hasard, ce qui est déjà en soi un acte poétique, puisqu'on ne choisit pas au hasard. Ordonnez-les de façon arbitraire, autre acte poétique. Vous serez surpris du résultat. Mais n'en faites pas une technique d'écriture. L'écriture, c'est encore autre chose.

— C'est quoi ?

— Bien malin celui qui saurait vous répondre. Je vais devoir vous laisser maintenant.

— Je viens de quitter l'appartement de mon père et je n'ai nulle part où dormir.

— Vous habitez encore chez vos parents, à trente-neuf ans ?

— Je sais, j'en suis là. Enfin, j'en étais là…

— Au fond de la librairie, il y a une chambre. Sous les cartons de livres, il y a un lit. Les draps sont propres, à part la poussière. Les toilettes sont à gauche. Bonne nuit.

La chambre ressemble à un abri antiatomique rempli de cartons et de toutes sortes d'ouvrages en lieu et place de la nourriture de survie. Dépourvue de fenêtres, on peut difficilement y faire un pas tant elle est jonchée de livres. Sous leurs couvertures, je distingue un lit. Je me fraie un passage, enjambe des foules d'écrivains, et déblaie ceux qui traînent sur la couette. J'aime d'emblée le désordre de cette chambre étriquée. Échoué sur l'oreiller, je découvre l'*Odyssée*.

Dès les premières pages, je me sens des accointances avec Ulysse. Je me reconnais dans ce menteur qui, bien que héros, est un pauvre type comme moi, paumé, naufragé, exténué de n'être pas lui-même. À peine embarqué à bord de ma couche, je fais durer l'errance sur cet océan de livres. Je vogue lentement, reviens en arrière, par plaisir cette fois, et ce chant hellénique me tient davantage en haleine que la plus ingénieuse de toutes les séries télé. Bien que confiné dans cette chambre minuscule, je fais l'expérience du grand large. Je me surprends à lire Homère à voix haute et comprends, d'un coup d'un seul, la nécessité pour Flaubert de gueuler ses manuscrits. Mes doigts guident ma bouche, orientent ma langue, et je deviens ce chant. Je pense à mon père qui s'est récemment mis au piano, en commençant par acheter un attirail coûteux : un piano à queue silence. Ce qui m'a le plus interpellé, c'est qu'il loue tant la capacité de son instrument à n'émettre aucun son. Quand il pratique, le tic-tac-tic-tac des touches est révélateur de la façon dont il m'a élevé : jouer sans le risque d'être pris en faute, jouer protégé par son clavier muet. Il n'y manque que la mélodie, l'harmonie, la dissonance, bref la vie. La musicalité du chant homérique me conforte dans la justesse de mon choix d'avoir enfin quitté l'appartement paternel.

Je m'identifie à cette interminable quête maritime, mais une chose me perturbe : Ulysse travestit son apparence, ses propos, se nomme *Personne*. Je suis encore plus affecté que les dieux encouragent ces mises en scène. Comme si on ne pouvait être soi qu'au-delà de soi-même. Comme si un destin modeste était déshonorant, et qu'il fallût, fût-ce au prix d'un mensonge, briller plus haut que soi. À moins qu'il ne faille d'abord devenir personne pour devenir soi-même ? Je vis aux côtés d'Ulysse toutes ses affres mais, à la différence des nuits passées à déchiffrer les trois *Tentations*, je n'ai pas à combattre le sommeil mais l'éveil. Au matin, Florimond glisse sa tête dans l'embrasure de la porte. Quand il me voit l'*Odyssée* à la main, il me sourit et m'invite à venir partager son petit déjeuner.

— Votre mère ne s'est pas opposée à ce que votre père vous chasse de l'appartement familial ?

— J'ai perdu ma mère à quatorze ans.

— J'ai perdu mon fils quand il avait quatorze ans. Si vous deviez finir par publier un roman, n'écrivez pas ce genre de lien entre deux personnages ; ce ne serait pas crédible. La fiction exige une vraisemblance. Le réel, lui, s'en fout ; il nous traite avec moins de prévenance qu'un écrivain ne traite ses lecteurs. Et, puisque tu me rappelles mon fils, je vais te tutoyer. Sinon, c'est heureux que tu sois tombé sur l'*Odyssée*.

— Qui était Homère exactement ?

— Personne ! Tu trouveras des dizaines d'ouvrages où des auteurs se plaisent à disserter sur le rapport de mots et de sons entre ruse et personne. Il est plus important pour toi de savoir que tu viens de lire le premier livre de la culture occidentale. Enfin, pas tout à fait, il y en avait un avant : l'*Iliade*. Et moi qui ai passé une grande partie de ma vie à naviguer avec

Homère, depuis que je m'intéresse aux poètes chan, je leur trouve pas mal de points communs.

— Lesquels ?

— Leur devise « Tout est dans le vide », le grand vide de l'univers. Selon eux, le cœur de l'homme doit tendre vers ce vide pour se libérer. Ce qui est exaltant, c'est d'arriver à faire communiquer ces deux vides.

— Et quel est le rapport avec Homère ?

— J'ai trouvé dans l'*Iliade* un passage où l'on voit le bonheur que donne la communion de l'espace intérieur avec l'immensité de l'univers. À la fin du chant VIII, on est en pleine nuit, mais grâce à la lune et aux étoiles, des cimes se détachent de l'obscurité ; le relief surgit, la lumière des astres tombe au fond des vallées et, ainsi, peu à peu, Homère nous dit que l'œil distingue la nature grandiose.

— L'œil de qui ?

— L'œil du berger. Ce petit berger, qui couche sur la montagne avec ses bêtes, est heureux quand il voit des étoiles. Je te traduis le dernier vers : « Tous les astres se voient, et se réjouit dans son cœur le berger ». Si l'on devait traduire encore davantage mot à mot, on dirait que, quand l'immensité de l'espace se révèle, le berger se réjouit « dans son diaphragme ». On est un peu obligé de traduire par « son cœur », parce que c'est plus poétique, mais chez Homère, le siège des sentiments et de la pensée, ça n'est pas le cœur, c'est le diaphragme, cette membrane vibrante, cette vibration intime en chacun de nous qui communique avec l'univers.

— En fait, j'aurais dû dire aux coiffeurs que la littérature, c'est une fenêtre vers l'immensité.

— Tu vois : tu dis des jolies phrases avec tes mots à toi ! Tu aurais aussi pu leur dire que, quand on arrive à créer le vide en soi, on entre en lien avec les plus grandes forces de l'univers. Ce vide permet également la disponibilité aux textes. L'accès aux grandes œuvres nécessite ce vide en nous : ne plus lire pollué par soi-même. Quand tu n'es pas encombré par ton ego, il n'y a plus d'obstacle entre le livre et toi.

— Comment vous remercier ?

— Oh, ça, c'est pas bien compliqué : tu pourrais travailler pour moi. D'ailleurs, c'est plus sain que tu payes pour ta chambre. Tu sais ce que c'est, toi, le métier de libraire ?

— Conseiller les meilleurs livres à ses clients ?

— Un peu, oui. Mais le gros du travail, c'est de la manutention. Ma passion de la lecture et mon lumbago m'en tiennent éloigné. C'est pour ça que mes rares clients sont des amis. Ils ouvrent eux-mêmes les cartons.

— Mais comment vivez-vous ?

— J'ai hérité de quoi m'acheter cette petite librairie et l'appartement du dessus. C'était mon rêve ; je l'ai exaucé. C'est rare dans une vie.

— Mais pour manger, comment faites-vous ?

— Je grignote l'héritage, ou plutôt, je le grignotais. Tu arrives à point nommé. Aujourd'hui, ma petite librairie a besoin de vendre quelques livres. Tu payeras donc ta chambre avec tes bras. Tu remettras de l'ordre dans ma caverne littéraire. Elle le mérite. Je sais prescrire des livres. Encore faut-il pouvoir les trouver. Tu les classeras. D'ailleurs, commence par les cartons qui se trouvent dans ta chambre. Surtout les deux qui empêchent d'ouvrir grand la porte. Ce sont les plus récents et j'ai des commandes dedans.

— Comment dois-je les classer ?

— Ah, le classement ! Chez moi, c'est par date de naissance de l'auteur. Ça a le mérite d'offrir au regard une histoire de la littérature ; et puis j'aime bien savoir qui fréquentait qui.

— Vos clients s'y retrouvent ?

— Je les aiguille ; dorénavant ce sera toi. La meilleure éducation littéraire qui soit. Tu verras : c'est intéressant de savoir que Balzac est né en 1799, Hugo en 1802, Flaubert en 1821 et Zola en 1840. Tu ne les liras plus jamais de la même façon.

— J'y cours !

— Prends tes notes ! Laisse toujours reposer une nuit ce que tu as écrit.

— À propos d'écriture, il y a un point que je dois voir avec vous. Une shampooineuse m'a posé la question suivante : est-ce que « parisienne » prend une majuscule dans « C'était une vieille parisienne » ?

— S'ils te posent des questions de grammaire, c'est qu'ils t'ont estimé. Tu n'as pas dû être si mauvais que ça.

— Je crois qu'elle a le béguin pour moi. J'avais envie de lui répondre qu'il n'y a aucun intérêt à apprendre la grammaire; c'est comme le solfège en musique, ça ne peut que la dégoûter d'écrire. Moi, l'apprentissage théorique me fout le bourdon. Ça me rappelle l'école, et ces livres qu'on m'a fait détester parce qu'on me forçait à les analyser.

— Alors, réponds-lui : «Je ne sais pas.»

— Sortant de votre bouche, ce «Je ne sais pas» a de l'allure. Sortant de la mienne, il sonne comme un pitoyable aveu.

— Réfléchissons à cette question de grammaire, si tu veux absolument y répondre. La réponse scolaire est la suivante : «parisienne» est un nom et il prend une majuscule parce qu'il définit l'habitante d'une région donnée, en l'occurrence Paris. Mais tu pourrais lui suggérer de se passer de majuscule.

— Comment?

— Si elle souhaite accentuer le fait que cette femme est vieille avant que d'être parisienne; le nom devient alors un adjectif.

— «Parisienne» est un nom et un adjectif?

— Il existe des mots qui changent de costume au gré des phrases. En cela, et c'est heureux, nous serons toujours supérieurs aux correcteurs orthographiques, incapables de déchiffrer les traits de cette vieille parisienne. Tu vois comment, par le simple choix d'une majuscule ou d'une minuscule, on affine la description d'un personnage. Comprends-tu, dès lors, la fécondité de la grammaire, qui devient une invitation à malaxer notre langue et à découvrir le versant poétique de la littérature dans toute son incertaine fragilité du sens ? S'il s'agissait de ton premier roman, tu ferais comment, toi ? Tu lui attribuerais une minuscule ou une majuscule ?

— Depuis le temps qu'on en parle, elle m'apparaît plus vieille que parisienne. Mais, du coup, est-ce qu'on pourrait envisager de mettre une majuscule à « vieille » ?

— Réfléchis un peu… Connais-tu son nom ?

— Non.

— Peut-être qu'elle n'a plus de nom. Peut-être qu'on l'appelle « la Vieille », comme on dirait « la Marie ».

— Et « Vieille » deviendrait alors un nom propre !

— Tu n'as plus besoin de moi pour jouer à la grand-mère ! File dans ta chambre classer les deux gros cartons de livres.

Classement passionnant même si je ne connais la date de naissance d'aucun auteur. Je tente des tas par siècle, mais réussis tout de même à me tromper. Éreinté par cette manutention plus mentale que physique, je décide de retourner chez le coiffeur.

En arrivant au salon, je tombe sur Jenny. Après lui avoir donné son petit cours de grammaire, je lui demande si Fabrice est disponible. Elle m'installe dans le boudoir. Fabrice entre, seul. J'ose le fixer dans le grand miroir ovale qui reflète mon émotion de le revoir.

— Félicitations pour votre cours.

Fabrice pose ses mains sur mes épaules ; sensation d'un baume. Puis, rien. Le silence, embarrassant. Je me raccroche à Flaubert, notre lien :

— J'ai pensé à vous en relisant *Madame Bovary*…

Un intellectuel doit toujours dire « relire », car un intellectuel a déjà tout lu. Je crois déceler une larme dans le miroir. Feignant de n'avoir rien vu, j'enchaîne :

— Oui… parce que, quelque part, Madame Bovary, c'est un peu vous…

Non, pas une larme. Au contraire. Une étincelle cristalline semble surgir des yeux de Fabrice quand je lui donne sa becquée flaubertienne. Encouragé, je me mets à dépenser le peu de Flaubert que je connais par cœur.

Cette seconde séance en tête à tête avec Fabrice m'a ému. Envie de la prolonger. Ne pas rentrer chez moi. Ou le plus lentement possible. Où est-ce d'ailleurs, chez moi ? Chez Florimond ? Chez mon père ? À l'intérieur du boudoir, au chaud, avec Fabrice dans le dos ?

Il y a méprise et, à mon grand étonnement, j'aime cette méprise. Je règne sur du vent, par la grâce de quelques citations, des bribes de génies. Il me suffit de m'instruire auprès de Florimond. Puisque Fabrice semble mordre à l'hameçon Flaubert, je décide de me le vider tout entier dans le gosier, comme on tète une langue étrangère. Heureusement pour moi, il n'y a pas trop à traire ; l'auteur de *Madame Bovary* a peu publié. Il n'y en a pas moins urgence : Fabrice m'a donné rendez-vous au boudoir dès le lendemain.

Mon intuition m'a trompé. Ce maître d'un seul mot se révèle bavard. Ça ne me dérange pas plus que ça : avec mon père, avec Florimond, bref, avec tous les hommes de ma vie, je sers de crachoir. Fabrice, lui, me déballe un monologue d'un autre genre.

— On est tellement gâté, tellement protégé, tellement douillet qu'on croit s'être gratté au sang alors qu'on s'est à peine effleuré. Il faut se crucifier ! Se taper le clou jusqu'à devenir œuvre d'art. Au moment où le clou brûle, l'œuvre commence à fondre en nous. On devient métal. On s'aimante. On devient le clou de la soirée et tout le monde s'accroche à vous.

Il s'exprime ainsi, dans une espèce de langue contemporaine. Je réplique en donnant mon opinion qui n'est pas la mienne. J'évite tous les thèmes que je souhaite aborder, mais notre conversation tient la route. Les phrases s'enchaînent sans nous enchaîner. Nous conversons sans danger ; du bruit de bouche qui ne nous engage pas. Nous échangeons des mots sans valeur, mais pas sans saveur. Nous les donnons sans regret, les recevons sans gêne. Quand la conversation s'essouffle, j'ouvre mon tiroir Flaubert et je redeviens ventriloque.

— Quoi de plus autoréférentiel que cette rêverie désincarnée qui annonce déjà les errances d'Emma ou les dérives de Frédéric Moreau ?

La marionnette Florimond le fait frissonner. Les phrases du libraire se déversent, pompées par son désir de s'instruire. Dans le doux silence de son écoute, je me sens exister. Les mots étincellent, sublimés par l'intérêt de Fabrice. Je mens et c'est délicieux. Régurgiter Florimond, est-ce vraiment mentir ? Qu'importe. Ce dialogue désincarné me convient et c'est tout ce qui compte. Ce bien-être tamisé, je ne le dois à personne.

À la place du rituel « Voilà », Fabrice me susurre :

— À demain, même heure, même endroit.

Je parle, le fais parler. En dépit des clientes jalouses, du sirocco des sèche-cheveux, de la musique débraillée, de la stridence des téléphones, des interruptions fréquentes, en dépit du monde qui hurle hors boudoir, je goûte mon nouveau statut. Fabrice semble savourer cette oreille amie. Il se confie à moi. Il a grandi à la campagne. Petit dernier d'une famille de six garçons, il a poussé dans un terreau doublement viril : paysannerie et rugby. La profession et le loisir faisaient bon ménage, à ceci près qu'il les abominait. La paysannerie l'empêchait de porter des vêtements délicats, le rugby lui cabossait le visage. Seule sa mère comprenait sa différence. Grâce à elle, il ne joua plus au rugby et enfilait des habits chic le dimanche, quitte à être le seul mâle de l'exploitation à l'accompagner à la messe. Les autres n'y mettaient jamais les pieds : son père par anticléricalisme farouche, ses frères à cause des matchs et des entraînements. Comme il fréquentait une école de garçons, c'était le seul moment où il voyait d'autres femmes. Un moment doux, et même si la messe ne le passionnait pas, il attendait le dimanche toute la semaine.

La disette de livres le minait. Pas de bibliothèque dans le village : une à la ville, mais à plus de cinquante kilomètres. Il dut son salut à une offre promotionnelle. Un samedi matin, ses frères au rugby, sa mère en courses, son père aux champs, le facteur apporta un paquet. Fabrice le déposa sur la table de la cuisine avec le reste du courrier. Une dizaine de minutes plus tard, il y revint, rôda autour comme un enfant aux pieds du sapin, le secoua, le soupesa ; il était adressé à sa mère. Il l'emporta dans la grange pour le déballer à l'abri des regards de sa famille absente. Assis dans la paille, il fixa le nom de sa mère ; il pourrait toujours s'arranger avec elle. Il décacheta le paquet comme on dégrafe son premier soutien-gorge : gauchement, délicatement, fébrilement. Il finit par se couper le doigt ; une de ces coupures fines qui piquent et agacent mais dont, à la ferme, il est interdit de se plaindre. Il s'en suça la pulpe. Un livre ! Il en caressa la tranche, tâta sa fermeté, comme on explore une cuisse que l'on va bientôt déplier. L'emballage serrait de son corset l'ouvrage bien en chair. Ses doigts pétrirent d'impatience la couverture qu'il déchira et tacha de son sang. En se refusant, le livre l'excitait : il se jeta à pleines dents sur la partie la plus tendre du carton. Son premier trésor : *Le Comte de Monte-Cristo*. Il y avait aussi une lettre où l'on expliquait à sa mère qu'elle avait gagné le tome I et que les deux prochains allaient suivre. Ensuite, elle devrait s'abonner au Club des Classiques. Fabrice avait douze ans quand, à l'abri dans sa meule, il s'incarcéra au château d'If avec Edmond Dantès, et l'abbé Faria auquel il prêta la figure de leur prêtre.

La prochaine étape : intercepter les tomes II et III. Pour cela, Fabrice avait besoin de rendre le facteur complice de son méfait littéraire. C'était le même facteur depuis trente ans. Il avait vu Fabrice grandir, et Fabrice l'avait vu vieillir. À force de faire ses tournées matinales tête nue en plein soleil, sa face avait cuit, et virait au parchemin, ou plutôt au palimpseste, comme si sa peau tenait registre de toutes les lettres qu'il avait portées depuis son premier coup de pédale. Le vieil homme lui promit d'intercepter les deux prochains paquets du Club des Classiques. Voisin à moins d'un kilomètre, le facteur convainquit ses parents de le laisser venir faire ses devoirs chez lui. Ce n'était pas une grosse perte pour la ferme : son père rechigna par principe puis répondit qu'il laisserait son épouse décider, ce qui valait consentement. De ce jour, la vie de Fabrice ne fut plus la même.

Le facteur possédait une petite bicoque toute simple, acquise pour ses vieux jours. Il s'y échappait de la poste au-dessus de laquelle on le logeait. Pour excuser son exiguïté, le facteur expliqua à Fabrice que c'était avant tout un terrain. Au milieu se trouvait cette cabane d'une seule pièce qui faisait office de cuisine, de chambre et de salle d'eau. Mais le terrain était à lui : on ne construirait jamais rien autour. Après s'être mêlé de la vie des autres, une fois à la retraite, personne ne viendrait se mêler de la sienne. Il n'y avait qu'un livre dans la pièce. Recouvert de papier kraft, comme dans le temps. On ne devinait ni l'auteur, ni le titre. Le facteur vit qu'il intriguait Fabrice.

— Je n'ai pas besoin de plus. On n'a pas le même âge mais tu verras, dans la cabane, on a tout notre temps. Je n'accumule plus ; je m'allège. Quand j'étais gosse, je passais des heures à regarder le ruisseau qui coulait derrière chez moi, mes parents croyaient que j'étais à l'école. J'ai lu tellement de choses dans ce ruisseau.

Il se foutait du temps, ne cherchait pas à l'avoir. C'est le temps qui s'offrait à lui. Et son livre ! Une vraie relique : Fabrice n'osa jamais toucher ce livre au titre masqué par un uniforme en papier kraft. Ce soldat inconnu, le facteur ne le laissait pas dans la cabane ; en fait, il ne s'en séparait jamais. Un livre épais, qui lui déformait la poche droite. Comme s'il en avait besoin pour ne pas perdre l'équilibre. Comme s'il avait une jambe trop courte, et que le médecin le lui avait prescrit, ce contrepoids. Pour éviter de pencher. Le syndrome de la Tour de Pise. Son monument, son bouquin. Sa bible. Il trouvait tout dedans. Il disait que chaque fois c'était différent. Parce que chaque fois c'était lui qui était différent. Fabrice, qui sautait sur le premier livre qui bougeait, enviait la liberté de son facteur : un vélo, un bouquin. Même histoire, toujours différente. Il n'en lisait presque rien : une phrase.

Tous les jours. Et encore, ça dépendait. Parfois la même phrase toute la semaine, si ça le prenait. Du coup, un mot ici et là en guise de repas. Il le dégustait. Un mot rare, un mets fin. Fabrice l'aurait volontiers échangé contre tous les livres de l'école. Il en bavait. Un jour, il tomba à ses genoux et lui demanda de le lui montrer. Juste le voir. Comme une pièce de musée, il promit ne pas le toucher. Le facteur le sortit de sa poche et retira le papier kraft. Pas de titre. Pas de couverture. Plus de premières pages. Il dit qu'il les avait arrachées. Enfin, pas lui. Ça c'était fait tout seul, à force. Il manquait aussi d'autres pages. Les meilleures. Trop lues, elles avaient fini par céder. Il en sauvait parfois, les remettait n'importe où, chiffonnées, à l'envers. Il en reperdait. À force de pédaler, il les égarait pendant sa tournée. Dans le fossé, contre un arbre, trempées dans un champ, repassées sur le goudron par les pneus des bagnoles. Fabrice se mit à pleurer. Et l'autre de le consoler : « Pleure pas. Y en a partout des feuilles. Viens. » Ils allèrent se promener. En pleine nature. Certains la voient, ils s'émerveillent. Les autres la traversent, la salissent. Ils n'y croisent même pas les fleurs. Ni les insectes. Ils les écrasent, les insectes, et les fleurs parfois. Ils ne le savent même pas. Lui, si. Il voyait chaque fleur. Avec lui les promenades, ça n'en finissait pas. Pourtant, ils n'allèrent pas très loin. Le facteur s'arrêtait à chaque fleur. Avec lui, Fabrice ne ressentait le besoin d'aller nulle part. Avec lui, il avait la paix.

Grâce à *La Tentation*, Fabrice me place très haut. Il ignore que nous avons la même passion complexée des livres. Afin de ne pas risquer d'interrompre cette connivence basée sur un malentendu, je m'abîme à nouveau dans Flaubert. Je ne lis plus pour moi, mais exclusivement pour Fabrice, afin d'alimenter son besoin de me voir. J'ingurgite des centaines de pages, comme on allume une cigarette avec le mégot de celle qu'on vient de fumer, au risque de m'étouffer. Malheureusement, à la différence d'Homère, l'auteur normand ne me tient jamais en haleine. Gêné d'avoir à avouer à Florimond que je vais désormais voir Fabrice chaque jour, je feins un intérêt croissant pour Flaubert afin de débiter la science du libraire au coiffeur qui jouit d'en avaler chaque mot. En fait, ces deux hommes m'écartèlent. Florimond infuse en moi une sagesse puisée chez les plus grands écrivains, mais, quand je retrouve Fabrice, la même littérature devient prétexte à mentir, travestir, trahir. C'est d'autant plus inconfortable qu'il continue à se confier.

Il m'avoue que mon débarquement dans son salon, *La Tentation* à la main, sur cette île aride où il se sentait culturellement dépérir, lui fit l'effet d'un Vendredi. Un Vendredi mâtiné de facteur, de messager porteur de promesses littéraires. Il me décrit comme un marin divin, sorte de réincarnation de son facteur. Ce que Fabrice ignore, c'est que ces rendez-vous me transforment aussi. Il peut me coiffer n'importe comment, je m'en fiche : c'est à l'intérieur de mon crâne qu'il me remodèle. Les coupes, mèches, brushings et autres colorations n'éclaircissent pas seulement mes cheveux : il restaure une confiance en la vie anéantie depuis la mort de ma mère. Qu'il me prenne pour un marin divin ou pour un facteur importe peu au fond. Je sors du boudoir renforcé. Fabrice me permet de briller ; je ne le lâcherai pas. Il n'en reste pas moins un os ; je ne prends vraiment aucun plaisir à lire Flaubert. Ça me pèse de ne pas l'apprécier. De retour à la librairie, j'attrape une épaisse biographie.

— Où vas-tu ?

— Rencontrer Flaubert. Je me suis permis de vous emprunter cette biographie. Sa prose ne me touche pas, alors je me suis dit qu'en connaissant un peu mieux l'homme, j'en viendrais peut-être à aimer ce qu'il écrit.

— Sa biographie est tout entière contenue dans sa correspondance. Il me semble te l'avoir déjà dit. Il a écrit près de cinq mille lettres. Une grande correspondance, dans tous les sens du terme : au-delà du volume, elle recouvre tant de sujets qu'on ne s'en lasse jamais. L'absence de détails pratiques fait qu'elle est aussi atemporelle que son œuvre ; voilà pourquoi elle en fait partie. Commence par le tome III.

— Merci.

— Arrête de me remercier. D'ailleurs, j'ai une meilleure idée : va la lire à Rouen. Visite l'hôpital où il a vécu, et Croisset où il a écrit. Tiens : voilà de quoi passer une nuit à l'hôtel. Allez, va ! On en reparle à ton retour.

Cher Gustave,

J'ai osé. Je suis venu. J'avais besoin de voir l'hôpital où vous aviez grandi, et Croisset bien sûr. En fait, j'ai osé et, au dernier moment, je n'ai pas osé. Je me suis terré dans un hôtel rouennais. J'y suis resté à m'imprégner de vous, de vos habitudes, de votre pays, en lisant votre correspondance. L'expérience est parfois plus forte dans un livre. Je m'étais mis en tête de n'en sortir qu'une fois que j'aurais reçu un mot de vous qui m'autorise à entrer dans ces lieux sacrés : là où vous êtes né et là où vous avez écrit. C'est absurde, je sais : je me donnais du courage en me disant que ce qui est absurde est beau. À ma décharge, ces temps-ci dans ma vie, tout est absurde et tout est beau. Ça restait tout de même absurde d'attendre un mot de vous, car des mots de vous, on en trouve dans toutes les librairies.

Mon ami libraire m'assure que, bientôt, il n'y aura plus de librairies. Il dit que vos mots, on pourra les commander et les recevoir tout de suite. En cliquant sur une souris. On aura tout à la maison. Sans bouger. Rester chez soi sans bouger, ça me connaît ; je sais que c'est la mort. C'est la vie qui pourrit, qui meurt d'usure ; oui, la vie elle s'use aussi à n'être pas vécue. Non, vraiment, je ne vois pas l'intérêt de recevoir vos mots tout de suite. S'ils débarquaient à la seconde, je n'aurais pas le temps de les accueillir. Et puis, je serais séparé d'eux par un écran. Je ne pourrais plus les toucher. J'ai un ami coiffeur qui aime vous toucher, vous sentir quand il vous ouvre, sentir votre poids, même si vous pesez encore trop lourd pour lui. Il me dit qu'à défaut de vous comprendre il s'endort avec vous ; comme un chat qui tient chaud. Et parfois, en pleine nuit, il vous reprend. Il fait semblant de vous retrouver comme si vous n'aviez pas peuplé ses rêves, ou plutôt ses cauchemars. Il faut reconnaître qu'il a du mal à vous lire. Ça lui fait mal de vous lire ; il aimerait vous aimer, mais vous vous refusez. Tout est parti de là : il croit que je vous sais. Je m'en tire au moyen d'un ménage à trois. Il lit sur mes lèvres les mots d'un troisième homme. Le libraire, justement. C'est lui qui m'envoie, muni de votre correspondance. Il m'a conseillé le tome III, moi qui aime lire dans l'ordre. J'ai commencé dans le train. Pour un ermite, quel carnet d'adresses ! Ernest Feydeau, les frères Goncourt, Charles Baudelaire, Sainte-Beuve… Je n'en ai lu aucun, mais je les connais un peu pour les avoir classés ; ils reposent sur le même mur que vous, à quelques mètres de ma chambre. Voilà où j'en suis : je sais et je ne sais pas. Ou plutôt : on croit que je sais, et je ne sais pas. Ce que je sais en revanche, c'est que Florimond, mon libraire, a encore eu raison : vos lettres sont aussi claires que vos romans sont opaques. Votre écriture me cogne maintenant. Avant, c'est moi qui m'y cognais. Un petit mieux.

Ce qui reste absurde, c'est de solliciter que vous posiez vos yeux sur mes lignes, vous qui en avez lu de tellement plus belles. Et pourtant, je vous écris, au risque de passer pour un fou. Fou d'imaginer qu'un génie puisse s'intéresser à un oiseux de mon espèce, fou d'écrire à un écrivain. Mais tout est parti de vous : l'absurde et le beau, et le souvenir de ma mère. À votre façon, vous m'avez aussi donné la vie. J'aurais tant à vous écrire; mais je vais plutôt continuer de vous lire.

En sortant de l'hôtel, je glisse mes feuilles dans une vraie boîte à lettres. On est à Rouen ; on ne sait jamais.

Au milieu de la nuit, la puissance et la clarté de la correspondance de Flaubert éveillent en moi le besoin de revoir ma mère. Pourquoi certains textes vous électrocutent, vous illuminent instantanément quand d'autres vous laissent dans l'obscurité ? Il me faut résoudre cette énigme. Le moment est venu de crever l'abcès littéraire qui m'a trop longtemps tenu éloigné des livres. Florimond est le seul capable d'un tel geste chirurgical. Si ça se trouve, il m'a envoyé à Rouen, sur les terres de Flaubert, exprès pour faire suinter à nouveau cet abcès que je porte dans ma chair depuis mes quatorze ans. Oui, la littérature est une vieille plaie liée à ma mère. Elle passait son temps à lire, et moi, pour éviter mon père, je venais me coller tout contre elle et parvenais parfois à chiper des bribes de ce qu'elle aimait. La littérature et ma mère constituaient ce double refuge, même si les pages se tournaient trop vite, même si je ne comprenais déjà pas tout ce que j'ingurgitais. Petit à petit, les passages de ses livres préférés s'imprimaient en moi, tout comme les contes qu'elle me lisait au lit. Oui, s'est imprimée en moi la douceur de la voix de cette mère envolée trop tôt. Cette plaie vient de se rouvrir. Je reste un moment prostré, figé par cette absence maternelle insensée.

Je rentre en stop. Un homme me prend, travailleur de la nuit, le titre d'un roman de Victor Hugo. Enfin, je ne suis plus sûr du titre, mais sur l'autoroute, le souvenir de celui qui est né en 1802 me tient chaud.

Le conducteur me débarque en bordure du périphérique. Malgré l'heure, je me surprends à ne pas être inquiet, et décide de marcher jusqu'à la librairie. Je déambule dans le théâtre de la rue, tant de fois observé depuis ma chambre d'enfant.

La scène est déserte. Les voitures sommeillent collées les unes aux autres. Certaines d'entre elles, insomniaques, respirent bruyamment, encore haletantes de leur toute récente échappée nocturne. Les scooters se tiennent plus penchés, une petite ombre sous la jupe, ne dormant que d'un œil, prêts à se cabrer dès l'aube, mus par l'impatience de leur cavalier. Immobile, la balançoire d'un bac à sable trahit un sommeil profond, calé sur celui des enfants. Je vois un rond de lumière traverser une rangée d'immeubles. Un monument, une fête sur un toit, ou un détraqué traquant sa proie, balaie de son phare la mer calme de ce quartier. À deux reprises encore je vois cette tache laiteuse. Quelques rues plus loin, je cherche dans le ciel une forme d'apaisement, mais n'y décèle que de rares étoiles rachitiques polluées par le scintillement des réverbères. Je m'acharne, et laisse échapper un cri à la vue d'une étoile filante qui se révèle être un avion. Je suspecte un astre d'être un satellite et ferme les yeux pour ne plus être témoin de ces chimères.

Une heure et demie plus tard, j'arrive à la librairie et m'attarde devant le bac à un euro, posé dehors, même la nuit, comme un exil perpétuel. Je le passe en revue avec un pincement au cœur. C'est ici que tout a commencé. Qui eût dit que, moins d'un mois plus tard, ce serait moi qui l'alimenterais ? Je repère Gérard de Nerval en très mauvaise compagnie. J'ai dû le placer là par erreur. Je rougis de mon inattention : il s'agit d'un des auteurs préférés de Florimond. Je le repêche, entre, et salue distraitement mon patron qui recopie dès l'aube ses poètes chinois.

— Qu'essayes-tu de me cacher ?

— *Aurélia* ; une erreur grossière de tri. Désolé, je ferai plus attention la prochaine fois.

— Laisse Nerval dehors ; l'inconsolé aime divaguer la nuit.

— Pourquoi mettre Nerval dans le bac à un euro si vous l'aimez tant ?

— Parce que je l'aime tant.

— Je ne comprends pas.

— C'est un hameçon. Dans ce bac, je place toujours une perle. Pour les gens comme toi, les insomniaques, les timides qui n'osent pas passer la porte de ma librairie sans nom, ou ceux auxquels un livre fait peur. Si, si, ça existe, crois-moi. Et, ma perle, il arrive qu'on la gobe. Tu en es la preuve vivante. En clair, tu es la raison d'être de mon bac. Tu as eu la chance de payer Flaubert un euro. Il semblerait que l'investissement ait été rentable, non ? Et puis, économiquement, ça me plaît que les droits communs, les mauvais livres, côtoient les libres de droits, les chefs-d'œuvre, qui finissent par ne plus rien coûter. Je le fais aussi pour les démunis : un livre rassasie quelques heures, tient chaud pendant l'hiver ou nourrit toute une vie. Il suffit de savoir pêcher.

— Je vais aller le reposer.

— Attends; j'ai une autre idée. Tu vas le lire. Tu penses donner d'autres cours à tes coiffeurs?

— Non... enfin... oui... des sortes de cours particuliers à Fabrice, pour continuer à le voir. Mais je suis fatigué de lui mentir.

— Le fait que tu ne saches rien ne fait pas de toi un menteur. Au contraire! Tu es encore plus fidèle à Flaubert, puisque son fantasme était d'écrire un livre sur rien. Tu te trouves au cœur de la question que se sont posée tant d'écrivains : comment se tressent la vie et la littérature? Comment ça s'interpénètre, comment peut-on vivre à travers la littérature, et comment la littérature peut-elle aiguiller une vie. Sans l'avoir décidé, tu es aujourd'hui le rat de laboratoire de cette expérience-là.

— Peut-être, mais au fond de moi je sais que je lui mens!

— Tu réponds comme un gamin de quatorze ans. C'est normal : tu auras toujours l'âge auquel tu as perdu ta mère. Regarde la réalité : tu vas avoir quarante balais! À cause de ton père tu n'as jamais gagné ta vie. Depuis la mort de ta mère, tu végètes dans une espèce d'adolescence infinie. Tu me diras, c'est le propre de beaucoup d'écrivains. Mais tu n'en es pas encore un ; tant s'en faut ! Tu as la chance d'être hors système ; restes-y. Mes murailles de livres te protègent ; fais-en bon usage. En fait, je m'aperçois que tu es là où se situait Nerval : entre rêve et réalité. C'est fou comme tu auras eu la main heureuse avec mon bac à un euro.

— Mais vous m'aviez dit que Nerval se caractérisait par des brouillons, une poésie de l'inachevé.

— Tu m'auras mal compris. Nerval, c'est tout le contraire. C'est sans cesse remanié ; le même conte est mille fois refait. Nerval est un génie : à dix-neuf ans, il avait traduit *Faust* avec tellement de talent, qu'à la fin de sa vie Goethe avouera n'avoir aucun plaisir à lire sa tragédie, sauf dans la traduction de Gérard. Et pourtant, malgré ce talent précoce, il va, lui aussi, se retrouver hors système. À s'échapper ainsi de sa réalité au moyen du rêve, plus ou moins éveillé, plus ou moins fou, il nous a offert un tissu singulier, tressé de passé, de présent, de littérature et d'amours inaccessibles. Tu as l'occasion de comprendre que la vie est toute dans l'instant, mais qu'un instant est fait de toute la vie humaine et de tout ce qui l'a précédée.

— Lui aussi a un rapport avec vos poètes chinois ?

— Oui, comme avec Homère et l'épisode du petit berger, j'ai établi un lien entre les errances de Nerval et les poètes chan. Il ne trouve jamais ce qu'il cherche. Il y a toujours une déception. Mais, contrairement à ce qu'on croit, sa folie ne naît pas de là. À l'instar de mes poètes taoïstes, il sait tirer parti de cette déception, de cette non-réalisation. Prenons l'exemple d'un de mes poètes chinois : il décide de rendre visite à un moine dans la montagne. Cette visite, c'est son projet. Mais il ne trouve personne. Il frappe ; on ne lui répond pas. Il voit un balai couvert de poussière ; il ne sait plus s'il doit attendre, s'il doit partir ; il reste indécis, comme en suspension. Et pendant ce moment de suspension, il découvre une faille dans le déroulement du temps, une faille où apparaît l'illumination. Tout à coup, dans l'espace créé par cette contrariété, dans ce désœuvrement du temps qui n'est plus du temps perdu, apparaît, comme ça, fortuitement, un cadeau qui le fait basculer dans le vide de la contemplation.

— Et vous me croyez capable d'une telle illumination ?

— À condition de ne pas la chercher. Ça se corse, je sais. C'est là, toute la difficulté, cette disponibilité. Ne raisonne plus en termes d'échecs et de réussites. Je te parle d'un ailleurs. Tu allais quelque part, et tu te retrouves sur le bas-côté de la route. Tu te laisses saisir par la couleur inattendue d'un arbre, tu t'immobilises dans une sensation, tu arrêtes d'aller vers. On a ça aussi chez Nerval : ce flottement par la grâce duquel il se trouve en symbiose avec l'instant. Nerval, il est plein d'échecs tout le temps, et cette succession d'échecs permet ce bégaiement. Oui, Nerval, il connaît ce tâtonnement du temps. Il se retrouve, comme toi, à cloche-pied entre plusieurs époques.

— C'est vrai que je ne vois rien d'anormal à écrire à Flaubert. Je suis complètement décalé ; si ça se savait, on me prendrait pour un déséquilibré.

— Cultive ce déséquilibre. Il rejoint la magie possible de la déception dont je te parlais. On est quelque part, et puis on n'y est plus. De cette déception, qui ressemble à un début de désagrément, naît l'illumination. De cet interstice-là. Tu comprends ? Tu avais un but, tu es lancé vers ton but comme une flèche, et, tout à coup, quelque chose d'imprévu t'offre la liberté de ne plus être quoi que ce soit, de ne plus poursuivre ton but. Alors, oui, tu es désemparé, tu as perdu la raison d'être de ta journée, mais tu es libre. Tu es libre parce que tu es vide. La liberté de la vacuité.

Je visualise un court instant cette liberté ultime, ce vide apaisant dont parle Florimond, ce lieu où l'on se sent arrivé, chez soi tout en n'étant nulle part. Afin de faire durer cette compréhension, je me précipite dans ma chambre pour noter tout ce que je peux, mais m'endors le stylo à la main. Dans un semi-brouillard, je vois Florimond ôter mes chaussures, me glisser sous la couette et éteindre la lumière.

Je m'éveille dans l'après-midi ; Florimond est assis au bord du lit.

— Je me suis permis de parcourir tes notes ; tu progresses. J'ai posé sur ta table de nuit *Les Filles du feu* qui contiennent *Les Chimères*. *Les Filles du feu* sont des nouvelles ; *Les Chimères* des sonnets. Assoupi comme tu es, tu te trouves dans les meilleures dispositions pour aborder Nerval. Proust écrivait de ce véritable joyau qu'est *Sylvie* : « *C'est le rêve d'un rêve.* » Tu vas découvrir une écriture limpide. Le plein qui côtoie le vide dans une espèce de brume à la fois tenace et flottante, dont émane pourtant une lumière bienfaisante. La brume d'un temps semé, chahuté, désarçonné. Nerval libère de l'esclavage du temps. Son style est époustouflant en ce qu'il n'a rien d'époustouflant. Nerval ne la ramène jamais ; une véritable humilité jaillit de sa prose, si poétique tant elle ne cherche pas à l'être.

— Dans quel ordre me conseillez-vous de les lire ?

— Le désordre est propice à une lecture plus percutante. De toute façon, tu n'as pas le choix; Proust disait aussi que, pour arriver à suivre, on était obligé de lire Nerval à l'envers. L'ordre et la littérature n'ont jamais fait bon ménage. Je trouve plus rapidement un livre quand il n'est pas classé. J'appelle ça mon bordel intérieur; un labyrinthe très nervalien. Depuis que tu as commencé à ranger mes écrivains, il me manque parfois d'en croiser un, égaré au fin fond d'un siècle qui n'est pas le sien. Rabelais qui s'entretient avec Faulkner, ça a son charme. Je te laisse lire en paix. Ah ! Un dernier conseil, toujours le même : plus que jamais, ne perds pas ton temps avec les commentaires des soi-disant érudits. Ils tombent tous dans le même panneau : faire coïncider chaque phrase, chaque mot de Gérard de Nerval avec la vie de Gérard Labrunie. Si tu le fais, tu passeras à côté du cœur de l'œuvre, et le tien ne battra pas. Une fois encore, accepte d'aimer sans comprendre pourquoi tu aimes.

Les Filles du feu débute par une lettre à Alexandre Dumas où je lis la phrase suivante : « *Inventer au fond c'est se ressouvenir.* » C'est peut-être ça, la définition du métier d'écrivain : se ressouvenir pour inventer.

Au salon, je présente Nerval à Fabrice. Il ne comprend pas un traître mot à ce que je lui lis et a l'honnêteté de me l'avouer. Je m'en tire en collant bout à bout des réflexions de Florimond qui m'évitent de lui répondre :

— Ne me demandez pas ce que signifie ce poème. La magie de la poésie, c'est que ce sonnet dit à chacun quelque chose de différent. L'expliquer, ce serait commettre l'erreur de vouloir n'en faire qu'un seul et unique. Donc ne cherchez pas d'explications ; d'ailleurs, ne cherchez même pas la beauté. Oui, la poésie, c'est là où on se retrouve sans savoir où on est.

Au fond, avec la littérature, je vis ce double mouvement de balancier : lire me rapproche de moi-même, mais l'utilisation de cette même littérature pour rembourser ma dette m'en éloigne d'autant. J'aurais tant aimé avouer à Fabrice mon ignorance avec simplicité. Quelque chose me retient de le faire. Un malentendu que je sens croître imperceptiblement à chacun de nos rendez-vous. Ses doigts s'abandonnent plus longuement sur ma nuque, ses mains parcourent mon crâne en tous sens, semblent vouloir en percer la calotte, me caresser l'encéphale au point d'en connaître les moindres nervures. Mon bien-être de le retrouver se mue alors en gêne et en crainte de ne pas avoir le courage de dissiper une ambiguïté dont je bénéficie en ce qu'elle rehausse l'image que j'ai de moi-même. Combien de temps vais-je pouvoir faire semblant d'ignorer que notre relation évolue dans une direction que je ne souhaite pas? D'égérie littéraire, je suis en train de devenir proie. Son regard pèse de plus en plus lourd. Il se dépose sur mes lèvres, s'attarde sur ma poitrine, traîne entre mes cuisses. Pour m'en délester, je prends refuge auprès de Florimond, en restitue à Fabrice la morale selon laquelle Nerval considérait les femmes comme des filles du feu, fascinantes et insaisissables. D'où la conclusion qu'on ne peut aimer sans se brûler, et que l'amour ne doit se vivre qu'à une certaine distance si l'on veut échapper au brasier du désir dont ne subsistent jamais que des cendres. J'amplifie la leçon du libraire pour convaincre Fabrice du bien-fondé d'une relation toute platonique. J'appelle à la rescousse ses poètes chinois et le petit berger d'Homère afin que les lumières de la vacuité riment avec chasteté. Mais Fabrice règle le variateur au plus bas et c'est ainsi que, dans la pénombre du boudoir, il me propose d'aller au cinéma.

Bien sûr, j'ai eu la faiblesse d'accepter. Au nom de la dette, soi-disant ; il ne s'agit peut-être que de lâcheté ? Elle fait partie de mon ADN. Ce rendez-vous hors salon est une erreur. Trop tard pour annuler : j'irai au cinéma et rentrerai immédiatement après.

Toujours autoritaire, il a déjà choisi le film et m'impose un jeu : il me guidera comme un aveugle jusqu'à mon siège ; je n'aurai le droit d'ouvrir les yeux que quand les lumières s'éteindront. Une production américaine de *Madame Bovary* ! Fabrice rit sous cape, je ris avec lui. Nous rions trop fort ; on nous fait taire.

Dès la pénombre des premières images, Fabrice s'empare de ma main innocemment posée sur le bras du fauteuil et la fait atterrir sur sa cuisse. Qu'est-ce qui prouve le plus que j'ai basculé dans un autre monde : qu'un homme me désire ou qu'Emma Bovary parle américain ? Je n'ose pas la retirer. Au bout d'un quart d'heure, les premières douleurs apparaissent au coupant de l'accoudoir. Mon cœur n'irrigue plus ma main, mais il est possible que ma main irrigue son cœur. Bien que l'ankylose gagne tout mon bras, je ne fais pas le moindre mouvement. Je suis conscient de contribuer à l'ambiguïté de notre relation, mais me sens incapable de faire autrement. Je ne regarde pas le film. Je pense aux histoires de ces grands blessés auxquels on a amputé un membre et qui perçoivent encore les sensations intactes de ce membre fantôme. Moi, c'est le contraire : j'ai un membre mais il ne répond plus.

En fin d'après-midi, devant la bouche du métro, Fabrice me donne à nouveau rendez-vous.

C'est moi qui ai proposé qu'on se retrouve chez mon père, puisque chez mon père il ne m'arrive jamais rien. Je crois avoir obéi au même élan que celui qui m'avait amené à proposer de rembourser ma dette en enseignant Flaubert. Le besoin de vivre quelque chose de fort, ou à tout le moins de différent, de m'extraire de la gangue où croupissait ma vie.

Il sonne, j'ouvre et me trouve emprunté d'être celui qui accueille. C'est chez vous? Chez mon père. Au moins, je ne mens plus. Je l'invite à migrer vers la cuisine et à nous asseoir côte à côte, comme au cinéma. Comme au cinéma, je le laisse s'emparer de ma main. Sa loquacité, de mise au salon, se mue en une timidité dont je me réjouis. Comme il en reste aux mains, je finis par me convaincre que je ne risque rien.

Les jours passent entre dialogues sonores au salon de coiffure et murmures prudents dans la cuisine paternelle. Sur le siège du boudoir, dont Fabrice ne manque de jouer du pied pour me faire monter et redescendre au rythme de sa créativité, nos conversations à bâtons rompus me protègent d'un élan trop brusque. À l'appartement, en revanche, où tout est pourtant possible, Fabrice, comme s'il craignait l'ombre de mon père, redevient mutique. Partition exquise. Quand nos phalanges se pianotent, nous interprétons un quatre mains très particulier : l'un devient le clavier de l'autre; délicieux duo bouches closes. Engagés pour une simple opérette de salon, cette réserve parvient à nous hisser sur la grande scène d'un opéra onirique. Mais à chaque mesure, le retour inopiné du père nous menace d'un vaudeville.

Pour m'assurer que ma relation à Fabrice demeure littéraire, je passe mon temps à lire. Florimond contemple, de son côté, le crépuscule de sa profession. Il me parle parfois de sa retraite anticipée, quand il n'y aura plus qu'un immense entrepôt virtuel en guise de librairie, et un algorithme froid en guise de libraire. Et l'on y trouvera tout du premier coup; seulement ce que l'on cherchait. On aura perdu le bonheur de se perdre, de venir pour rien, ou de laisser offerte son oreille aux découvertes du libraire. On ne connaîtra plus son coup de cœur quand il aura reçu son dernier coup au cœur.

Il lui arrive de trébucher sur ce petit garçon accroupi sur la plage, au milieu de son château de papier. Il dépose sur mes remparts de feuilles de nouvelles lectures. Je lis tout ce qu'il me conseille. Il me surprend à plat ventre sur le parquet, dévorant tout cru un roman que j'étais simplement venu ranger. À ce propos, il me laisse moins classer, puis ne plus classer du tout. Il sent que moi aussi j'ai besoin de ce désordre, pour croiser des auteurs que je ne fréquenterais pas s'ils étaient bien rangés. Parfois, il me découvre assis, le sourire figé dans une page. D'autres fois, il m'aperçoit les bras levés, mains collées à de vieux livres de collection, comme on s'unit à l'écorce d'un arbre pour en goûter la sève. Il me voit grimaçant en compagnie des Anciens, noyé dans la scène d'un dramaturge trop pointu, ensorcelé par un poète, happé par un polar. Florimond me fait remarquer que je m'exprime mieux, en conclut que l'autodidaxie est la meilleure école, et que, comme lui, j'aurai tôt fait de m'orienter tout seul. Il intervient de moins en moins, me laisse avaler le pire pour me permettre de jouir du meilleur.

À l'aube désormais, tel un rituel, nous recopions côte à côte des extraits de nos auteurs préférés. Nous partageons nos trouvailles comme deux vieux copains. Florimond fait semblant de découvrir ce qu'il connaît déjà par cœur; moi d'apprécier ce que je ne comprends pas. Je persiste à faire de Flaubert mon principal maître d'étude. Je copie, copie, copie, ligne après ligne, page après page, chapitre après chapitre, cette prose modèle dont j'espère secrètement pomper le style de ma plume, le faire remonter mes doigts, gravir mon épaule et irriguer mon cerveau. Je biberonne son œuvre, décilitre après décilitre, en priant pour en conjurer les rejets. Recopier, c'est-à-dire écrire pour repousser le moment d'écrire par moi-même, devient un instant doux et reposant, puis un opium. Je bois à la source un élixir de l'esprit, un spiritueux qui m'enivre. Chaque phrase me fredonne une mélodie : «*Elle abandonna la musique. Pourquoi jouer? Qui l'entendrait?*» Huit mots suffisent à espérer désengorger mon style. Je recopie ainsi souvent la même phrase sur plusieurs pages, punition qui libère mon esprit et relie mes doigts à ceux de Gustave; je l'imagine traçant ces mêmes lettres en miroir un siècle et demi plus tôt.

Un après-midi, à l'appartement, Fabrice devient soudainement aussi loquace qu'au salon. Il éparpille sur mes lèvres prières, promesses, mots doux, et se met à m'expliquer la nécessité de dépasser la frontière de nos mains. Il m'attire vers lui, je résiste, fais un bond en arrière. Il se met à genoux, me supplie de lui faire confiance, de tout lâcher sans crainte, le salon et l'appartement, Flaubert et la dette, le père et le libraire. L'évocation de Florimond me rend plus courageux. Je déballe à Fabrice tout ce que j'ai retenu trop longtemps : que je suis un lâche, que Vendredi c'est lui pas moi, oui que c'est bien lui, ce marin divin qui a débarqué sur l'île aride de ma vie où je dépérissais devant des séries. J'ose même avouer n'avoir aucune attirance envers lui et que si j'ai maintenu l'ambiguïté jusqu'à présent c'est parce que son intérêt pour moi donnait sens à ma vie. Mon dernier aveu lui est fatal : je ne connais rien à Flaubert !

Fabrice se relève avec peine et quitte l'appartement en titubant. Dès la porte fermée, je me précipite vers la fenêtre du salon pour suivre sa silhouette devenue si fragile. J'observe cette ombre qu'estompe le trottoir, cette tige frêle coudée par la cyphose, à s'être trop penchée sur ses clientes en mal d'embellie, ce sculpteur éphémère dont j'ai emballé le cœur. Je le regarde s'évanouir dans la rue, petit point parmi d'autres qui cheminent en parallèle, le respire en félin qui hume les phéromones. Comme mes narines perdent trace de son suint, le tonnerre éclate, et le ciel survolté l'éclaire une dernière fois.

Le lendemain matin, je me réveille grandi par mon aveu, digne d'aller retrouver ma mère. Après m'être arrêté chez le fleuriste, je me dirige enfin vers le cimetière.

Je trouve avec difficulté l'allée où elle repose. Je commence par m'excuser de ne pas être passé la voir depuis tant d'années, dépose mon bouquet au niveau de ses pieds, contourne sa tombe et en étreins la stèle. Visage contre pierre, comme un coquillage contre l'oreille. J'achève cette étreinte les lèvres contre son nom. Je lui donne des nouvelles de son mari chez lequel je ne vis plus. Nos retrouvailles sont brèves. En un quart de siècle, il ne s'est pas passé grand-chose de mon côté.

Je lui rends visite les jours suivants, me satisfais de nos conversations silencieuses. J'apprends à aimer ce cimetière, sa quiétude, sa lumière. Parfois, j'entends des voix ; jamais celle de ma mère. Je ne m'en tiens pas moins prêt au dialogue, et ne doute pas qu'un jour il aura lieu. Mais les voix viennent d'ailleurs : quelques dalles plus loin, d'autres âmes esseulées essaient, elles aussi, de comprendre. Un jour, je lui écris.

Maman,

Je viens te voir le matin; tu es plus fraîche. Le même rituel : un bouquet, une étreinte, un baiser. Je respire dans ton cimetière. Je m'allonge près de toi. Je m'abandonne au ciel. Je l'observe. Je suis bien. Pour l'instant, on ne me dit rien; comme le berger d'Homère, on laisse mon petit vide fréquenter l'immensité là-haut. Je prends plaisir à ces morts infimes contre toi. Ça doit être ça la méditation : mourir pour mieux vivre. Florimond, le libraire dont je t'ai parlé et chez qui j'habite, m'initie à tout ça. Je ne comprends pas toujours, mais j'ai accepté de ne pas tout comprendre. C'est bon d'accepter. C'est possible quand on réussit à se débarrasser de soi. J'écris « réussit », mais, en fait, il n'y a rien à faire. Il faut juste arrêter. Arrêter d'exister de tout son poids. Je t'abandonne parfois pour d'autres tombes. Je m'approche de certains visiteurs. J'essaie d'infiltrer leur intimité. J'écoute leurs confessions. Pourquoi attendre que l'être aimé soit parti pour lui dire qu'on l'aimait ? Je me moque d'eux, mais on n'a pas fait mieux tous les deux. J'en suis désolé. Comme je suis désolé de devoir te quitter. Je te raconterai.

Je plie la feuille et poste la lettre sous terre.

Dès l'aube, je recopie aux côtés de Florimond.

— Tu donnes toujours des cours à ton coiffeur ?

— Non, j'ai arrêté.

— Ta dette est remboursée ?

— Non, mais j'ai enfin eu le courage de lui dire la vérité.

— Laquelle ?

— Que je ne connaissais rien à Flaubert.

— Tu lui as à nouveau menti. À force de recopier sa prose pendant plusieurs heures tous les matins, je peux t'assurer que tu le connais bien plus en profondeur que nombre d'universitaires.

— Vous croyez ?

— Non seulement je le crois, mais je pense que tu devrais aller donner un dernier cours à ton coiffeur. Il importe de bien clore toute relation.

— Je ne suis plus crédible pour enseigner Flaubert.

— Alors, tu vas lui parler de La Fontaine.

— *Le Corbeau et le Renard* ?

— *Le Juge Arbitre, l'Hospitalier et le Solitaire.*

— Connais pas…

— C'est la dernière fable. Il s'agit de trois saints qui veulent atteindre le salut en faisant le bien. Elle démontre qu'on n'atteint pas la sagesse en courant après des buts, fussent-ils moraux.

— C'est la morale de sa dernière fable ?

— Ce qui peut paraître politiquement incorrect, c'est que La Fontaine dit à deux de ces saints : votre idée de sauver votre âme, en devenant médecin ou juge, n'est pas la bonne.

— Il dit qu'on perd son temps à vouloir faire le bien ?

— Oui, qu'on ne manquera jamais de médecins ni de juges, parce qu'il y aura toujours du fric à gagner, des réputations à se faire, mais il dit surtout que ça n'est pas de cette façon qu'on se rend utile à l'humanité.

— De quelle façon alors ?

— Il se sert du troisième saint, le solitaire, pour l'expliquer :

Apprendre à se connaître est le premier des soins
Qu'impose à tous mortels la Majesté suprême.

— Apprendre à se connaître…

— C'est pourquoi La Fontaine fait référence à Socrate en préface à ses fables à propos du précepte delphique.

— Du quoi ?

— Il s'agit du fronton du temple d'Apollon, à Delphes, en Grèce, où sont gravés trois préceptes. On a perdu le premier, mais on sait qu'il faisait référence au fait de s'occuper de soi : « Occupe-toi de toi ! » Et puis, bien sûr, ce à quoi Socrate a consacré sa vie : « Connais-toi toi-même. » Moi, c'est le troisième qui m'intéresse : « Rien de trop. » Tout le monde sera d'accord avec ce « rien de trop », surtout aujourd'hui où pour sauver le climat on fustige toute consommation inutile. Mais moi, je l'aborde différemment; je l'entends comme « Rien de trop *en toi* ». C'est-à-dire que tu ne pourras te connaître toi-même que si tu enlèves en toi tout ce qui n'est pas toi.

— Et on retombe dans vos poètes chinois !

— En effet : le moi libre est un moi vide. Un moi débarrassé de l'ego. Le trop, c'est l'ego. Le rien ne s'atteint que délivré de ce trop. Et mes poètes que je traduis et recopie chaque matin me guident vers cette vacuité-là, vers cette découverte de l'infime, du détail, dans une nature humble et quotidienne.

— Quel est le rapport avec la dernière fable ?

— Grossièrement, ce que dit La Fontaine aux deux saints par la voix du troisième, c'est : débarrassez-vous du souci de ce que vous pensez être utile à l'humanité. Et avec cette morale tout à fait égotiste, il devient taoïste en les incitant à cultiver le vide.

— Confucius ?

— Ah, non. Confucius, c'est l'organisation de l'État : faire le bien, donner aux autres, s'assurer que tout fonctionne. Non, là, c'est plutôt Lao-Tseu avec son fameux *wei wu wei*.

— Qu'est-ce que ça veut dire?

— On agit par le non-agir. Ne fais rien et il n'y aura rien qui ne se trouvera pas fait. Mais tu es trop jeune : il y a un âge pour s'épuiser à vouloir faire le bien, et puis un âge où l'on parvient à être d'une disponibilité telle que le bien s'opère sous nos yeux à condition de ne pas s'en mêler autrement qu'en se dessaisissant de soi.

— Donc, La Fontaine dit qu'on commence à faire le bien le jour où on renonce à le faire?

— Oui. La sagesse, c'est le moment où tu ne cherches plus à être sage.

— Mais ça, c'est de la théorie. En pratique, comment on y arrive?

— La Fontaine fait une analogie avec l'eau qui, dès lors qu'elle n'est plus troublée, c'est-à-dire qu'on n'est plus agité, permet de se voir, permet enfin de se trouver.

— Moi, tout est trouble dans ma vie. Tout n'est qu'agitation. Je ne suis pas près de me voir dans une eau si sale, je ne suis pas près de me trouver!

— Détrompe-toi. La Fontaine a cédé à la beauté de l'image d'une eau cristalline dans laquelle notre moi véritable se réfléchirait. Or, tu sais bien que l'eau ne fait parfaitement miroir que quand elle est très sale.

On ne se voit bien que dans sa propre boue. C'est en acceptant notre vase telle qu'elle est qu'on cesse enfin de s'agiter, qu'on laisse une chance au vide de s'installer en nous.

— Comment le vide peut-il s'installer en moi si je suis plein de vase ?

— À condition de la laisser reposer. Pour être bien, il faut que la vase retombe, qu'elle soit au fond, et ne surtout pas l'agiter. Je ne te dis pas que c'est facile : on est tous susceptibles de céder à la passion.

— Ah… donc le problème, c'est l'agitation, pas la vase.

— Exactement. C'est l'agitation qui remue le fond de l'être où se trouvent nos monstres. Il faut les laisser reposer, savoir qu'ils sont au fond et, surtout, ne pas les taquiner.

— Et pourquoi ne pas travailler à les supprimer ?

— En cherchant à les éradiquer, tu les multiplies.

— Et comment je vais lui expliquer ça tout à l'heure ?

— Tu ne peux pas lui transmettre de meilleur message que « Connais-toi toi-même ». Il te suffit de lui dire que La Fontaine ouvre et referme ses fables avec cet important précepte. Écris tout ça avec des mots à toi. Non, va plutôt t'oublier dans la nature ; elle est bonne conseillère. Tiens, prends *Les Rêveries du promeneur solitaire* et va te promener avec Rousseau. Quand tu reviendras, je te ferai part d'un projet que j'ai pour toi.

— Vous ? Pour moi ?

— Ça n'est qu'un projet ; tu n'es pas obligé d'accepter.

— De quoi s'agit-il ?

— Je vais préparer à dîner et t'en parlerai ce soir autour d'un bon repas. Allez : file te promener avant de donner ton dernier cours.

Cher Jean-Jacques,

Je suis allé me promener avec vos promenades. Mais mes rêveries ne sont plus solitaires, même s'il y a peu, ma vie ressemblait à un seul en scène sans scène. Seul spectateur, en fait. Je me droguais de séries. Oui, comme il y a des tueurs en série, j'étais devenu un spectateur en série, avide de ma prochaine victime qui n'était autre que moi-même. Je m'atrophiais dans ce petit écran, fuyant les livres où je craignais de voir surgir ma mère. En m'ouvrant sa porte, un libraire m'a indiqué le chemin de ma mère, cette morte bien trop vivante avec laquelle j'ai entamé un dialogue, une conversation où je me sens écouté et jamais jugé. Les meilleurs psys sont ceux qui savent se taire. Quand ils prescrivent les bons ouvrages, les libraires font de bons psys. Le mien s'appelle Florimond. Il m'a conseillé de lire vos rêveries au moment où il m'envoyait me promener. Tout l'avantage de la lecture en mouvement ; on lit avec son corps. J'ai commencé par votre dixième et dernière promenade, inachevée. La mienne s'est inachevée pendant la lecture de votre deuxième promenade. Votre deuxième promenade, je n'en suis toujours pas revenu. Depuis, je suis dans un état de rêverie permanente.

Je n'ai pas compris tout de suite. J'étais en train de traverser pour aller donner mon dernier cours chez le coiffeur. Je recevais toutes les couleurs de la vie, la vitrine qui s'approchait, ma shampooineuse qui fumait adossée contre elle, et vous, vous que je lisais tout en traversant, quand tout à coup, après un bruit sourd, je dis sourd parce que je ne suis pas certain de l'avoir entendu, je n'ai plus vu que le blanc du ciel. Votre accident et le mien se sont confondus. Vos pages se sont imprimées en moi : je me suis retrouvé en proie au vertige d'une expérience littéraire totale. Je suis devenu ce promeneur percuté par un gros chien danois, même si mon chien ressemblait à une moto. Comme vous, j'ai immédiatement perdu connaissance. Des voix se sont agitées, invisibles, et toujours ce ciel blanc qui m'aspirait. Et puis un bruit mou, un bruit lâche, et me voilà peuplé de voix. Celle de mon père ; il pose mille questions aux voix féminines qui m'entourent, mais n'écoute jamais les réponses. La voix qui m'accompagne, c'est celle de Florimond. Il semble être le seul à savoir que j'entends. Ce qu'il ignore, c'est que, comme vous, j'ai atteint cet abandon sans réserve, ce vide que le corps médical nomme coma. J'ai enfin trouvé ma place. J'observe sans but. Sans yeux. J'observe les voix qui me côtoient. Du silence, on observe mieux. Cette attention muette et aveugle me permet de voir les autres tels qu'ils sont. Mon père ne parle que de sa douleur ; il ne parle que de lui quand il parle de moi. Florimond vous lit, vous et d'autres géants de la littérature. Je reçois votre prose intacte. On vous comprend mieux quand on n'essaye pas de vous comprendre. Florimond pleure aussi. Enfin, il a pleuré une fois. Des larmes de rage. Il refuse qu'on lui prenne son fils une deuxième fois. Il m'a prié de revenir vite, que c'était important, qu'il ne savait pas combien de livres il lui restait à vivre. Pour m'y inciter, il m'a fait part de son projet : me léguer sa librairie. Si je m'éveille un jour, je serai libraire.

MIXTE
Papier issu de
sources responsables
FSC® C003309

L'éditeur de cet ouvrage s'engage
pour la préservation de l'environnement
et utilise du papier issu de forêts gérées
de manière responsable.

Achevé d'imprimer en mai 2022
par Normandie Roto Impression s.a.s.
61250 Lonrai
N° d'impression : 2202056
Imprimé en France